# 칠대천마

七代天魔

EXCINTING ORIENTAL FANTASY

# 칠대천마 7

**김운영 新무협 판타지 소설**

초판 1쇄 찍은 날 § 2008년  1월 30일
초판 1쇄 펴낸 날 § 2008년  2월 11일

지은이 § 김운영
펴낸이 § 서경석

편집장 § 문혜영
편집 § 서지현 · 유혜림

펴낸곳 § 도서출판 청어람
등록번호 § 제1081-1-89호
등록일자 § 1999. 5. 31
어람번호 § 제2-1411호

주소 § 경기도 부천시 원미구 심곡1동 350-1 남성B/D 3F (우) 420-011
전화 § 032-656-4452  팩스 § 032-656-4453
http://cyworld.nate.com/bluebook_
E-mail § blue_book@hanmail.net

ⓒ 김운영, 2007

ISBN 978-89-251-1163-6 04810
ISBN 978-89-251-0689-2 (세트)

# 七代天魔

## 칠대천마

### 대마

**7**

무황천마(武皇天魔)

김운영

[완결]

新무협 판타지 소설

EXCITING ORIENTAL FANTASY

BLUE K
도서출판

# 目次

第一章

# 경육이혼(驚肉以魂)

무공이란 곧 육체와 정신을 수련하는 것

說南斗延壽保命時老君告天師曰
天八會之真文三洞三清之上
彙道元始天尊昔經歷于億萬劫天地始修
太上說南斗延壽保命

安真經太上說南斗
此經乃九天八
熙衰而人倫五運遷變萬彙

# 경육이혼(驚肉以魂)

무공이란 곧 육체와 정신을 수련하는 것.
어느 것이 먼저인지는 생각할 필요도 없다

소운은 이제 자신의 목숨이 혈불의 손에 달렸음을 느꼈다.
작은 새를 쥔 손에 힘을 주면 새는 죽는데, 그의 형국이 바로
그랬다. 설령 태산을 가르고 하늘을 무너뜨릴 무공이 있다고
해도 지금 이 상황에서는 쓸 수가 없다.

'머리를 써야 한다, 무공이 아니라!'

지금 가능한 방법은 어떻게든 혈불을 속이거나 설득하는
것이다.

보통의 경우 자신과 동급, 혹은 하수라 해도 지금처럼 만반
의 준비를 하고 배와 머리에 양손을 대고 있다면 대항하기 힘

들다.

거기다 지금 상대는 혈불이다. 일정한 거리를 두고 모든 준비 끝에 전력으로 부딪쳐도 승리를 장담할 수 없다. 그런 상대가 지금 기운을 끌어올린 손으로 배와 머리를 장악하고 있는 상태이다.

여기서 빠져나가려면 소운이 의식 세계 속에서 했던 것처럼 강기 자체를 무시하고, 또 그 위에 소운의 강기는 혈불에게 퍼부을 수 있어야 한다. 그런데 그건 불가능하다. 현실에서는 물론이고, 의식 세계 속에서도 자신의 강기만을 상대에게 미치는 것은 아예 생각도 하지 못했었다.

'죽는가?'

소운은 혈불의 눈을 보면서 그의 의지가 확고함을 알았다. 여전히 미소를 짓고 있지만 섬뜩할 정도의 살의가 확연히 전해져 왔다.

지금은 말도 통하지 않는다. 머릿속에 수많은 생각이 떠올랐지만 이 상황을 벗어날 방법은 없었다.

혈불은 소운의 눈빛을 보고 대번에 그가 머리를 굴리고 있다는 것을 알았다. 하지만 발버둥 쳐봐야 이미 손안의 목숨이다.

'자질이 아깝지만 후환을 만들 수는 없지.'

이미 결정한 바를 행하는 것은 당연하다. 혈불은 얼굴에 한

층 짙은 미소를 떠올리며 말했다.

"그럼 잘 가게."

손에 힘이 들어가는 것은 찰나보다 빠르다. 혈불의 말이 끝나기가 무섭게 소운은 머리와 배에서 만 근의 압력이 느껴졌다.

"흡!"

버티려 했으면 그 즉시 소운의 몸이 터져 나갔을 것이다. 그러나 소운은 순간적으로 전신에 힘을 빼고 혈불의 힘을 받아들였다. 생각을 하고 한 일이 아니라 본능적인 대응이었다.

소운의 몸은 혈불의 힘을 정복자로 인정하고 저항을 하지 않았다. 혈불의 힘이 소운의 배와 머리로 침투했다. 거칠 것이 없으니 그야말로 당당하게 들어오는 셈이다. 그렇게 되자 소운의 몸이 파괴되는 것이 약간 늦춰졌다.

그 덕분에 찰나라고 할 정도의 여유가 생겼다.

'받아들였으니 이용당해 준다!'

이번에는 의식을 하고 몸의 기운을 조절했다.

소운은 묵혈신마강의 상대의 기운을 자신의 것으로 녹여 만드는 특성을 반대로 이용했다. 혈불의 기운에 스스로의 기운을 동화시켰다. 스스로를 혈불의 손에 들린 도구처럼, 아니, 손의 일부분인 것처럼 만들었다.

그러자 그의 몸이 한옥관을 깨고 안으로 박혀 들어갔다.

우지직.

혈불의 힘을 밀어내는 것은 불가능하나 한옥관을 부수며 바닥으로 파고드는 것은 충분히 가능했다. 이는 마치 혈불이 소운의 몸을 도구로 삼아 손에 잡고 한옥관을 부순 것과 같은 형상이었다.

"허허허. 좋은 수, 하지만 소용없네."

혈불은 소운의 반응이 무척 재미있는 듯했다. 소운의 깨달음은 무척 참신한 것으로 그 역시 전에는 생각지 못했던 것이었다.

그러나 혈불은 소운의 필사적인 저항을 그야말로 쓸모없는 것으로 여겼다. 그가 다시 손바닥을 옆으로 살짝 비틀자 소운은 전신의 뼈가 으스러지는 듯한 충격을 받았다. 드드득 하는 소리와 함께 소운은 더 이상 몸을 움직일 수 없게 되었다.

"내가 집은 것이 한 손만이었다면 도망갈 수 있겠지. 하지만 두 손의 힘에서 어찌 피할 수 있겠나?"

혈불은 다시 손에 힘을 주려 했다. 여전히 미소를 잃지 않은 표정이었지만 그는 이번에야말로 소운의 배와 머리를 완전히 부수려고 결심한 후였다.

그 순간 소운이 들어 있던 한옥관이 폭발했다.

콰콰쾅!

“헛!”

한옥의 파편이 방 안을 가득 메우며 걸리는 모든 것을 파괴했다. 혈불 역시 그 파괴력을 얕잡아보지 못했다.

더군다나 폭발이 일어나는 순간 소운이 갑자기 팔을 들어 혈불의 몸을 잡으려 했다. 그의 손이 몸에 닿기도 전에 소운의 몸으로부터 혈불의 손을 타고 들어오는 기운이 그의 강기를 흐트러뜨렸다.

위험하다!

혈불은 그것을 느끼자마자 급히 뒤로 물러나 소운으로부터 떨어졌다. 그리고는 자유로워진 호신강기로 몸을 보호했다.

폭발은 연속해서 세 번이나 일어났다. 그러면서 날아드는 한옥편은 그야말로 가장 무서운 암기라 할 수 있었다.

“관에 장난을 쳐 놓았군.”

세 차례의 폭발이 끝난 후 소운이 있던 자리를 본 혈불은 살짝 인상을 찡그리며 중얼거렸다.

파편이 되어 산산조각으로 흩어진 한옥관은 부스러기 몇 개만으로 그 흔적이 남아 있었다. 그리고 그것이 있던 자리엔 구멍이 뻥 뚫려 소운의 행적을 짐작케 했다.

‘그 순간에 지둔술로 구멍을 뚫고 도망을 갔다? 과연 무공뿐만 아니라 상황 판단이 무척이나 빠른 놈이군!’

혈불은 다시 한 번 자신의 판단이 옳았음을 확신했다. 상대는 결코 회유될 성격이 아니다. 거기에 놀라운 재능과 머리, 순간적인 임기응변에 이르기까지 뭐 하나 빠지는 데가 없다.

혈불은 감각을 집중하여 소운의 존재를 찾기 시작했다. 그때 갑작스러운 폭발로 급하게 몸을 피했던 칭타가 다가왔다. 그는 스승이 소운을 찾고 있음을 알고 조용히 명을 기다렸다.

잠시 후 소운을 찾는데 실패한 혈불은 살짝 고개를 저으며 입을 열었다.

"천밀추혼망을 쳐라. 난 그놈을 쫓지."

칭타가 대답을 하기도 전에 이미 혈불은 몸을 날리고 있었다.


"크윽, 혈불 그놈을 못 잡다니."

소운은 땅속을 뚫고 나오자마자 비틀거리며 주저앉았다. 아무도 없는 방이었고, 지표면보다 약간 아래쪽인 것이 지하실 중 하나인 것 같았다.

몸 전체에 한옥파편이 박혀 있고, 머리와 배에는 무시 못할 충격을 받았다. 몸이 갈기갈기 찢어진 것처럼 피가 온몸을 적셨다.

"그래도 나 역시 살아 있으니까. 크크크."

소운은 바닥에 몸을 누이며 웃었다. 만약을 위해 준비해 둔 한옥관의 장치가 그의 목숨을 구할 줄은 그도 미처 몰랐다.

원래 그 장치는 소운이 의식이 없는 동안 누군가가 자신을 죽이려 할 경우 혼자 죽을 수는 없다고 생각해서 만든 것이었다. 한옥의 파편은 신병이기와도 같이 날카롭고 호신강기를 파고드는 힘이 있다.

한옥관이 겉으로 보기에 투명하여 속이 다 비쳐 보인다는 것이 가장 큰 함정이다. 속이 뻔히 보이는 상태에서 누가 기관 장치라 의심하겠는가?

소운은 한옥관 내에 겉에서 볼 수 없는 사각이 있음을 우연히 알게 되었다. 관의 제작자가 의도한 것인지, 우연의 장난인지는 몰라도 절묘한 빛의 반사가 그러한 사각을 유도해 낸다.

소운은 이번에 관을 사용하기 전에 그것을 이용하여 죽음의 장치를 해놓았다. 사각이 위치한 부분에 정교한 기관 장치와 진천뇌를 설치한 것이다.

이것은 한옥관이 필요 이상의 충격을 받거나 혹은 소운이 죽어 몸이 식으면 폭발하게 되어 있다. 일단 터지면 일정 범위 안에 있는 자들은 살아남을 가능성이 거의 없다고 봐야 한다.

"혼자 죽을 수는 없다고 생각한 게 이런 도움이 될 줄이야……!"

처음에 소운은 혈불이 자신을 죽이려 하고, 또 도저히 피할 방법이 없다고 생각하여 이 석관을 이용해 동귀어진을 하려 했다. 폭발을 일으킴과 동시에 혈불의 두 손을 잡고 상대의 강기를 무력화시킬 수만 있다면 혈불도 죽을 것이라 판단했다.

그러나 혈불의 움직임이 약간 빨랐고, 소운 역시 혈불이 뒤로 물러선 순간 마음을 바꿔 땅속으로 파고들었다.

어쨌거나 소운은 처음 혈불의 일격으로 한옥관을 뚫고 바닥으로 파고들었고, 다음 순간 자신의 체온마저 낮추어 정확하게 한옥관을 터뜨림으로써 혈불의 의표를 찌를 수 있었다.

"그래도 그의 강기를 흐트러뜨릴 수 있었다."

소운은 자신이 이제 혈불을 위협할 수 있는 수준은 된다고 판단했다. 전혀 위협이 되지 않는다면 어떤 방법으로든 회유하는 것이 혈불의 방식이다. 하지만 이번에 그는 문답무용으로 자신을 죽이려 했다.

"크윽."

소운은 신음 소리를 내며 손을 들어 살폈다. 팔이 통째로 잘려 나가지 않은 것이 신기할 정도다. 군데군데 뚫린 구멍은 보기만 해도 처참했다. 한옥관의 파편은 소운에게도 치명적인 상처를 입힌 것이다.

"이대로 있을 수는 없다."

소운은 혈불이 곧 쫓아오리라는 것을 알았다. 이곳은 그의 영역이나 다름없기에 빠져나갈 가능성은 거의 없는 것이나 마찬가지이다.

그렇다고 해서 숨을 수도 없다. 아무리 기척을 죽여도 혈불은 소운을 찾아낼 능력이 있다.

"어떻게 해야 하지?"

소운은 일으키며 스스로에게 물었다. 그러면서 그가 의식 공간 속에 갇혀 있었을 때에 있었던 일들을 되새겼다.

혈불이 그에게 한 것이 똑똑히 기억났다. 단순히 추궁과혈을 하는 것이 아니라 정신 속으로 파고드는 방법인데, 무공이라고 하기에는 너무 애매했다. 얼핏 보면 좌도방문의 사술로밖에 보이지 않았다.

그러나 소운이 보기에 이것은 고도의 무공임에 틀림없었다. 손발을 움직이거나 강기를 다루는 무공이 아닌 의지의 무공! 단지 아직 깨달음을 얻지 못한 사람들이 다른 각도로 접근하기 쉽게 술법화 한 것일 뿐이다.

혈불이나 소운은 그 진체를 알아볼 수 있는 경지에 도달해 있었다.

"다른 사람의 의식 속을 볼 수 있는 술법이라니. 확실히 천마신교에 그런 것은 없다."

소운은 혈뇌음사의 무공과 밀법이 상상을 초월한 것임을 인정했다. 그렇다고 해서 천마신교나 중원의 무공이 혈뇌음사에 뒤쳐진다는 것은 아니다.

중원이나 천마신교에서도 천마경에 도달한 사람은 있다. 그들이 남긴 것은 단순한 내공의 활용법이 아닌 정신과 영혼을 다루는 깨달음이다. 이제 소운은 그것을 알았다.

단지 혈뇌음사의 경우 밀법으로 일찍부터 술법을 가르쳐 정신 무학으로의 길을 열기 쉽게 했다. 이 점은 배워야 할지도 모른다.

어찌 되었든 소운은 그가 의도했던 것처럼 혈불의 수법 중 하나를 알아냈다. 당한 당사자인데다가 육체와 의식의 모든 상황을 다 알 수 있으니 혈불은 자신의 무공 중 하나를 제대로 소운에게 전수한 셈이다.

"이제 살아서 돌아가기만 하면 완벽하지."

소운은 천천히 감각 영역을 넓혔다. 힘을 쓸 수 없으니 감각이라도 써야 했다. 그 작업은 매우 조심스러운 것이었다. 그의 감각 영역과 혈불의 영역이 잘못 부딪치면 즉시 위치를 들키게 될 것이다.

그런데 그때, 소운은 바로 위쪽에서 누군가가 자신을 인식했다는 것이 느껴졌다. 내공 수준은 극히 미약하지만 호흡이 길고 기복이 없는 것이 수행을 오래한 자임이 분명했다.

팟!

소운의 몸이 수직으로 떠오르며 천장을 파고들었다. 흙이 튀는 소리조차 없이 그의 몸이 위층으로 올라갔다. 절대안정을 취해야 할 몸으로 이렇게 조금이라도 무리하는 것은 결코 좋지 않지만 지금은 어쩔 수 없었다.

위에 있던 자는 소운이 바닥을 뚫고 나오는 순간 곧바로 제압당했다. 그는 아주 마른 몸매의 늙은 라마승이었는데 낯선 자에게 제압을 당하고도 전혀 놀라는 기색이 없었다.

"외부의 자극에 동요되지 않는군."

소운은 자신도 모르게 감탄해서 중얼거렸다. 순간적으로 습격을 당한 셈이나 다름없는데 늙은 라마승은 평온한 눈빛으로 자신을 바라보고 있었다. 오랜 시간 마음을 닦은 자만이 가질 수 있는 맑고 깊은 눈빛에 소운의 마음에도 절로 호감이 생겨났다.

하지만 이곳은 적진, 방심할 수는 없다. 소운은 속으로 마음을 다잡으면서 기로 주변의 소리를 차단했다.

"그대의 이름은?"

소운이 묻자 라마승은 눈을 두어 번 깜박이더니 인자한 미소를 지으며 입을 열었다.

"중원에서 한 무인이 한옥관과 함께 왔다는 소린 들었지. 그대로군?"

묘한 목소리였다. 소운은 라마승의 음성과 태도에서 그에게 적의가 없다는 것을 느낄 수 있었다.

"그렇습니다."

노라마는 이름을 말하지 않았지만 소운의 태도는 자신도 모르게 더욱 정중해졌다. 노라마는 고개를 끄덕이며 다시 말을 이었다.

"혈불의 손에서 빠져나올 수 있다니 능력이 놀랍군. 게다가 이곳으로 온 것을 보면 천운마저 따르는 것이 확실하지."

"노라마의 말을 들으니 이곳은 혈불이 들어올 수 없는 금지인 듯하군요."

소운의 말에 담긴 기대감을 읽었을까? 노라마는 오히려 미안하다는 듯한 표정을 지으면서 고개를 저었다.

"꼭 그런 것은 아닐세. 단지 그가 다음에 나를 보면 죽이겠다고 약속을 했기 때문에 이곳을 가장 나중에 찾을 것이네."

"으음, 혈불이 노라마를 다시 보면 죽인다는 것입니까?"

소운의 안색이 굳었다. 상대는 웃으면서 말을 하고 있지만, 이건 소운이 이곳으로 왔기 때문에 혈불이 그를 죽이게 될 것이라는 말이다.

그러나 노라마는 껄껄 웃으며 말했다.

"난 이곳에서 삼십 년을 갇혀 지냈네. 외부로 나가는 것이 허락되지 않았지. 그러니 생과 사는 나에게 있어 아무런 문제도 되지 않는다네."

"사연이 있는 듯하군요."

스스로의 죽음을 말하면서 초연한 노라마의 태도에 소운은 마음이 숙연해지는 것을 느꼈다. 그의 말대로 오랜 시간 갇혀 지내 삶의 미련이 없는 건지 아니면 그만큼의 수행을 쌓은 것인지는 알 수 없다.

보통 평생 감옥에 갇혀 살더라도 타인과 연관되어 생명에 위협을 받는다면 그를 원망하는 것이 일반적이다.

소운의 표정이 복잡해지는 것을 보고 노라마는 보란 듯이 더욱 환하게 웃으면서 화제를 돌렸다.

"그렇네. 아참, 질문에는 대답을 안 했군. 노라마의 법명은 상묘라 하네."

"저는 소운입니다, 상묘 라마님."

소운은 자신의 본명을 말했다. 왠지 모르게 상묘 라마 앞에서는 거짓을 말해서는 안 된다고 생각했다.

상묘 라마는 그런 소운의 마음을 아는지 천천히 고개를 끄덕이며 말했다.

"만남은 인연이라 했지. 나조차도 죽기 전까지 외부 사람과 만날 수 있으리라고는 생각지 못했는데, 그대가 땅속으로 왔군. 혈불이 오기 전까지 약간의 시간은 있을 터이니 내 이야기를 해주겠네."

"이야기도 좋지만, 혹시 혈불을 피해 빠져나갈 곳은 없을까요?"

지금은 도망가는 것이 먼저다. 소운은 솔직하게 상묘 라마에게 물었다. 그러나 상묘 라마는 어림도 없다는 듯 고개를 저었다.

"이곳은 혈뇌음사의 중앙인데, 어떻게 혈불의 눈을 피해 빠져나갈 수 있겠나? 아마 힘들 것이네."

"그렇습니까? 후, 그럼 그가 올 때까지 이곳에 있다가 다시 잡혀서 죽어야 한다는 말씀이시군요."

말은 체념하듯 하고 있지만 소운의 표정 어디에도 그런 기미는 보이지 않았다. 노라마는 이 젊은 시주의 포기할 줄 모르는 의지에 내심 감탄하면서 다시 말했다.

"내가 아는 한 그렇네. 하지만 소운 시주의 능력 또한 무시할 수 없는 것 같으니 방법이 있다면 한번 행해보시게."

"안타깝지만 저도 없습니다."

소운은 한숨을 내쉬었다.

"빠져나갈 수 없다면 몸을 회복하며 기다려야겠군요."

싸울 수밖에 없다. 소운은 그렇게 결단을 내리고는 가부좌를 틀고 앉았다. 이왕 싸울 거면 몸의 부상을 조금이라도 빨리 회복시켜야 했다.

일단 싸우기로 마음을 먹자 소운은 혈불에게 질 것이라고는 생각하지 않았다. 이미 그도 무적의 심경을 느낀 상태이기에 그걸 깰 방법을 스스로도 찾지 못했다.

상묘 라마는 소운의 몸에서 느껴지는 기운을 보고는 알았다는 듯 고개를 끄덕였다.

"소운 시주야말로 혈불과 대적할 수 있는 유일한 사람이로군. 이미 그를 올려다보지 않고 있다는 것을 알겠네."

"올려다보는 것은 지고 나서 해도 됩니다."

"그렇지. 난 그걸 몰라서 결국 혈불에게 굴복하고 그가 나의 무공을 회수하는 것을 용인했네."

과연 이 사람은 과거 혈불과 비슷한 수준에 있었던 고수였구나. 소운은 상묘 라마의 말을 듣고 그것을 알 수 있었다.

"사정을 듣고 싶습니다."

"허허허, 아까는 안 듣겠다고 하더니 이제는 그대가 듣고 싶다고 하는군. 알겠네."

상묘 라마는 소운의 변덕에 전혀 신경 쓰지 않았다. 그는 처음과 다름없는 담담한 목소리로 혈불과 그와의 관계에 대해 말했다.

"원래 나는 그의 제자였지. 혈불이 막 초절정의 경지에 이른 다음 거둔 것이 나니까, 첫 제자인 셈일세."

혈불의 첫 제자! 그렇다면 승리의 사형이 되는 셈이다.

"하지만 나는 원래 다른 마음을 먹고 혈뇌음사에 들었네. 꼭 이루어야 할 것이 하나 있는데, 그걸 위해서라면 백 년이 걸려도 상관없다고 생각했지."

백 년이라면 한 사람의 일생을 의미한다. 상묘 라마는 계속해서 자초지종을 설명했다.

"원래 나는 대뇌음사의 밀통 중 하나인 영불전의 후계자라네. 대뇌음사가 망한 이후 오직 영불전만이 남아 비밀리에 맥을 이어왔는데, 내가 바로 그 마지막 적통이지."

"대뇌음사의 생존자……."

"그렇지. 우리 영불전의 염원이 바로 대뇌음사의 재건이라네. 원래 영불전은 만일을 위해 대뇌음사의 모든 것을 기록해 두는 곳이고, 대뇌음사가 쇄락했을 때 다시 일으켜 세우는 임무를 맡고 있으니까 말이야."

"과연 대문파는 다르군요. 흥할 때에 어려울 때를 대비했으니 말입니다."

"대뇌음사는 문파라기보다는 사찰일세. 그러나 일단 무림에 관여를 했으니 만약의 사태를 생각해야 했지. 어쨌거나 영불전은 항상 혈뇌음사를 지켜보며 그들의 무너질 때를 기다려 왔네."

당연한 일이다. 혈뇌음사가 있는 이상 대뇌음사는 설 수 없다. 그러나 지난 수백 년간 혈뇌음사는 나날이 발전해 왔고, 대뇌음사는 이미 전설로만 존재하게 되었다.

상묘 라마의 전대 영불전주는 고심 끝에 한 가지 결론에 도달했다. 결국 대뇌음사를 일으켜 세우려면 혈뇌음사를 뛰어

넘는 무공이 필요하다. 세력도 세력이지만 근본이 되는 무공
에서 뒤떨어지면 기회가 와도 뜻을 펼 수조차 없을 것이다.

그래서 상묘 라마는 혈뇌음사에 들여보내졌다. 하지만 그
의 마음은 여전히 대뇌음사에 있었고, 그의 신분은 새로운 영
불전주였다.

운이 좋아 십육 세의 나이로 혈불의 눈에 들어 시동이 되었
다. 그리고 다시 삼 년이 지났을 때 정식으로 제자가 되었다.

그 후 삼십 년 동안 상묘 라마는 혈불의 대제자로 지내면서
맹렬하게 수련했다. 혈불이 첫 제자로 삼았을 정도의 재능이
다. 그때의 그의 무공은 이미 초절정의 경지에 이르러 혈뇌음
사에서 혈불을 제외한 가장 강한 고수가 되었다. 승리는 그때
아직 젊은 나이로 말할 것도 못 되었다.

그러나 문제는 혈불이 삼 년의 면벽 끝에 진정한 혈불이 되
면서 생겨났다. 그는 완벽하게 사람의 정신을 들여다볼 수 있
게 되었다. 더욱이 놀라운 것은 다른 사람의 꿈속까지도 볼
수 있다는 것이다.

"사부는, 아니, 혈불은 내가 잠을 자는 동안 나의 마음속을
살펴보았네. 그렇게 해서 모든 것이 들통났지."

상묘 라마가 잠에서 깨어났을 때, 혈불은 아무 일도 없었다
는 듯 평소와 다름없는 미소를 짓고 있었다. 그러나 혈불과

오랫동안 지내온 상묘 라마는 그가 극도로 분노해 있음을 알았다.

그때 혈불이 말했다.

"네가 두 마음을 가지고 있었다니……. 수십 년이나 같이 지냈으면서 그것을 눈치 채지 못했구나. 네 심계는 정말 깊고, 내 눈은 흐렸었다."

"어떻게 아셨습니까?"

상묘 라마는 도저히 이해할 수 없었다. 혈뇌음사에 들어와 혈불의 제자가 되고 현재에 이르렀다. 그동안 영불전과는 어떠한 연락도 한 적이 없다. 그야말로 자신의 머릿속을 들여다보지 않는 한 절대 알 수 없는 일이다.

혈불이 그 해답을 주었다.

"꿈을 꾸더구나. 그래서 잠시 들여다보았다. 허허허, 재미있는 꿈이더구나."

상묘 라마의 꿈은 바로 대뇌음사의 법의를 입고 혈뇌음사의 대웅전 앞에 서 있는 것이었다. 그리고 달려드는 대웅전의 호위라마들을 대뇌음사의 무공으로 물리치는, 상묘 라마로서는 모처럼 답답한 속을 풀어주는 호쾌한 꿈이었다.

하지만 그걸 보는 혈불에게는 믿기 어려운 충격이었으리라.

상묘 라마는 곧 일이 틀어졌음을 알고 한숨을 쉬며 말했다.

"그렇군요. 설마 사부께서 그런 능력이 있다는 것은 미처 몰랐습니다."

"이번에 완벽하게 깨달은 거지."

"그렇습니까?"

상묘는 반쯤 체념한 표정으로 말하면서도 속으로 하늘의 뜻이 무엇인가를 한탄했다. 하필이면 혈불이 깨달음을 얻은 직후에 잠자는 자신을 찾아오다니!

'아니지. 반대로 보면 그가 나를 그만큼 아꼈다는 것이니, 이는 배반에 대한 대가인가?'

곧바로 자신을 찾아온 것은 아마도 심득의 일부라도 전해주려는 뜻이었을지도 모른다. 마침 잠들어 있는 자신을 보고 새로 얻게 된 능력을 써보고 싶었을 것이다.

대뇌음사의 영불전주로서 자신은 생을 바쳐 헌신했다. 하지만 개인으로 볼 때 혈불에게는 은혜를 배신으로 갚은 격이니 여기서 죽어도 할 말은 없었다.

결국 모든 것을 정리한 듯 오히려 평온한 표정이 된 상묘는 혈불을 정면으로 바라보며 말했다.

"그럼 이제 저를 죽이시겠군요."

"아니, 꼭 그렇지만은 않다. 너는 아직 나의 제자이고, 나는 너를 개심시킬 수 있다."

그렇게 말하며 혈불은 상묘 라마의 머리에 손을 얹었다. 그리고는 천천히 상묘 라마의 백회혈을 통해 내력을 주입하기 시작했다.

상묘 라마는 머리가 점점 뜨거워지면서 뇌의 곳곳을 바늘로 사정없이 찌르는 듯한 고통을 받았다.

"으으으으!"

수십 년의 수행을 한 몸이지만 이번 고통은 정말로 참기 어려웠다. 상묘 라마는 결국 신음 소리를 흘리며 몸을 이리저리 비틀어 혈불의 손에서 벗어나려 했다.

그러나 그것은 그야말로 벌레의 꿈틀거림에 불과했다. 혈불은 상묘 라마의 정신이 고통으로 인해 흐트러진 것을 알고 곧 밀교의 진언을 읊조리기 시작했다.

인간의 목으로 낼 수 없을 것 같은 소리가 상묘 라마의 귀로 흘러들었다. 이는 단순한 섭혼술과는 전혀 차원이 달랐다. 사람의 의지를 완전히 바꾸는 밀법이 시행된 것이다.

"아직 내 수련이 낮아서 너에게 고통을 줄 수밖에 없구나. 참아라."

혈불은 나직한 목소리로 그렇게 속삭였다. 이미 상묘 라마의 의지를 바꾸어 자신의 충실한 제자로 돌려놓는 것이 정해진 일이라는 듯 자상한 어투였다.

'아, 안 돼!'

상묘 라마는 최후의 방법으로 영불전의 비전밀언경 중 가장 심오하다는 부심진혼경을 마음속으로 외우기 시작했다. 그것이야말로 혈불이 펼치고 있는 경혼환백결에 대항할 수 있는 유일한 수단이었다.

한참의 시간이 지나 머리가 혈불의 내력에 의해 거의 터질 지경이 되었지만 상묘 라마의 의지는 전혀 바뀌지 않았다.

마침내 혈불은 그의 머리로부터 손을 떼며 말했다.

"허허, 처음으로 전력으로 법력을 펼쳤는데 실패를 하다니… 이것은 스스로 자숙하여 더욱 정진하라는 계시인가!"

진경에 이르러 못할 것이 없다고 자부하던 혈불에게는 큰 충격이었던 모양이다.

"사부, 그대는 나를 충분히 죽일 수 있습니다. 하지만 내 정신을 바꾸어놓지는 못할 겁니다."

상묘 라마의 단호한 말에 혈불은 다시 그의 꿈을 떠올려보고는 해답을 찾은 듯 말했다.

"그렇구나. 원래 본사는 대뇌음사의 커다란 두 개의 깨달음 중 하나인 경혼의 밀언을 토대로 일어났지. 그래서 대대로 대뇌음사의 또 다른 깨달음인 진혼의 밀언을 찾으려 했는데, 그게 너에게 있는 모양이구나."

상묘 라마는 혈불의 말에서 욕심을 느낄 수 있었다. 혈불이 진혼의 밀혼을 찾고 있음은 대제자인 자신도 몰랐던 일이다. 아마 대뇌음사의 진전을 찾는 것이니만큼 은밀하게 행했을 가능성이 크다.

"반쪽의 뿌리만을 가지고 피의 법에 치우친 것으로는 결국 부족함을 느낀 것입니까? 하지만 혈뇌음사의 무공이 경혼진언에 의한 것이라면 진혼진언의 밀법은 아무런 도움이 될 수 없을 겁니다."

"그건 모르는 소리다. 반면교사라는 말이 있듯이, 정신과 혼을 안정시키는 법을 알면 흔드는 법 역시 더욱 발전시킬 수 있지 않겠느냐? 실제로 너는 나의 경혼환백결로부터 마음을 지켜냈는데 만약 내가 진혼진언에 대해 알았다면 결코 그럴 수 없었을 것이다."

과연, 혈불의 말에는 일리가 있었다. 하지만 만약 그것이 가능하다면 대뇌음사의 부활은 정말 꿈이 될 수밖에 없음을 상묘 라마는 짐작할 수 있었다. 그는 굳은 결심을 얼굴에 드러내며 무겁게 말했다.

"진혼진언을 가르쳐 드릴 수는 없습니다."

"허허허, 그렇겠지."

혈불은 이해한다는 듯 고개를 끄덕였다. 그는 더 이상 상묘 라마를 핍박하지 않았다. 단지 상묘 라마의 단전을 파괴하고 전신의 혈맥을 비틀어 무공을 익힐 수 없는 몸으로 만들었다.

그리고는 허탈한 표정으로 있는 상묘 라마에게 말했다.

"네가 말했듯이 무릇 라마는 밀법의 수행에 의한 정신 수련에 힘을 쏟아야 한다. 무공은 그에 따르는 것이지. 하지만 반대로 말하면 무공이 없으면 힘에 굴복할 수밖에 없는 것이 현실이다."

상묘 라마는 혈불의 말에 반박하지 못했다. 혈불은 한숨을 쉬며 자상하게 말했다.

"너에게 세 가지를 길을 말해주겠다. 첫 번째는 네가 이 상태에서 진혼진언의 진정한 깨달음을 얻어 무공을 회복하고 나와 같은 수준에 오르는 것이다. 그때에는 정식으로 나와 비무를 허락하고 그 승패에 따라 대뇌음사를 재건할 수도 있을 것이다."

무공이 완전히 폐지된 상태에서도 궁극의 깨달음을 얻으면 충분히 회복할 수 있다고 혈불은 말했다. 하지만 그것은 정말로 불가능에 가까운 일일 것이다.

"둘째는 네가 스스로 이 방에서 나오는 것이다. 나는 네가 떠나는 것을 막지 않고 어디든지 자유롭게 가도록 해주겠다. 단, 그럴 경우 너는 나에게 진혼진언에 대한 요결을 말해주어야 한다."

비결의 전수를 대가로 한 자유! 이건 정말 무서운 함정이라고 할 수 있다. 스스로의 의지로 방 안에서 나오지 않는 것은 결코 쉽지 않은 일이다. 강제로 감옥에 갇힌 것도 아니고, 언제든지 나올 수 있다는 유혹은 시간의 흐름에 따라 인간이 감당하기 어려운 압박으로 바뀔 것이다.

상묘 라마는 그 사실을 능히 짐작할 수 있기에 혈불의 말에 분노를 느꼈다. 여기서 무서운 점은 누가 상묘 라마를 구하러 온다고 해도 혈불이 살아 있는 한 그는 방을 나설 수 없다는 점이다. 탈출에 대한 의지를 아예 막아버리니 남는 것은 절망밖에는 없다.

그때 혈불이 다시 세 번째 조건을 말했다.

"마지막 세 번째는 네가 행하는 것이 아니라 내가 행하는 것이다. 내가 만약 더 이상 진혼진언이 필요없게 된다면 너를 찾아 이 방에 올 것이다. 그때에는 너를 죽이겠다."

그때 처음으로 혈불은 얼굴에서 미소를 지웠다. 분노의 감정을 제자였던 상묘 라마에게 표출한 것이다.

억지에 가까운 조건이었다. 그러나 상묘 라마는 혈불의 제안을 받아들였다. 어쨌거나 혈불은 그의 사부, 그가 수십 년 동안 자신에게 보인 정이 있기에 거절할 수가 없었다.

한 번 조건을 받아들여 약속을 한 이상, 상묘 라마는 어길 마음이 없었다.

그 이후로 상묘 라마는 항상 이곳에 앉아 좌선을 하며 진혼진언의 극치인 부심진혼경을 외웠다. 그럼으로써 방을 뛰쳐나가고 싶은 유혹을 겨우겨우 견뎌낼 수 있었다.

소운은 상묘 라마의 설명을 듣고는 한숨을 내쉬며 몸을 일으켰다.

"그럼 상묘 라마께서는 이미 수십 년 동안이나 이 방에서 지내셨군요."

"그렇네. 다른 사람은 한 번도 안으로 들어오지 않았지. 단지 일주일에 한 번씩 벙어리 라마승이 물과 벽곡단을 놓고 갔을 뿐일세."

"그런데 한 가지 이상한 점이 있습니다."

"뭔가?"

"제가 알기로 지금 혈불은 직접 손을 쓰지 않고 평범한 대화를 하는 과정에 상대의 의지를 바꾼다고 했습니다. 그건 어떤 경지입니까?"

"허, 소운 시주의 말이 사실이라면 혈불은 이미 경혼진언의 깨달음이 극에 달했다는 것을 의미하네. 혹시 그가 무공을 사용하는 것을 보았는가? 만약 그가 혈영공을 펼치는 것을 보았다면 그때의 상황에 대해 말해주게."

혈영공이라면 틀림없이 혈장천마와 싸웠을 때의 무공일 것이다. 소운은 그때 자신이 본 것에 대해 말했다.

"예. 몸이 핏빛 기운으로 뒤덮이고, 두 팔이 홍옥처럼 투명하게 변하더군요."

"으음, 몸 전체가 투명하게 변하지는 않았는가?"

“아, 그런 경지도 있습니까?”

“팔뚝이 투명하게 변하면 혈마신수고 몸 전체가 변하면 투영혈신일세. 그렇게 되면 육체와 강기의 구별이 사라지게 되는 것이지. 만약 혈불이 정말로 경혼진언의 극에 달한 깨달음을 얻었다면 아마 투영혈신의 경지를 이룰 수 있을 것이네.”

“그것이 혈뇌음사의 무공 중 최고봉입니까?”

“그렇다고 할 수도 있고, 아니라고 할 수도 있지. 혈영구마공 중 제팔단계가 바로 투영혈신이니 말일세.”

“팔단계가 투영혈신이면 구단계도 있다는 뜻이군요.”

“그건 꼭 그렇지도 않네. 구단계는 아직 만들어지지 않은 셈이니 말이야. 혈뇌음사의 조사가 피의 바다 속에서 이룰 수 있는 경혼의 무공을 창시한 후, 그 자신조차 팔단계까지밖에 익히지 못했다고 하네. 구단계는 그저 이름만 있다고도 하지. 이것도 내가 혈불의 제자였기 때문에 우연히 알게 된 것이지.”

“음, 그렇다면 혈불은 지금 투영혈신을 이루려 하고 있는 것이군요.”

“그럴 걸세. 나도 혈영구마공의 삼 단계까지는 연공했었는데, 그것은 확실히 악마의 무공이라 할 수 있지. 안타깝지만 우리 대뇌음사의 무공은 그만 못하네.”

“그건 그렇지 않을 겁니다. 천하에 높은 봉우리가 많은데 그중 최고로 높은 봉우리만을 남기고 모든 것이 의미가 없다고는 할 수 없을 겁니다. 어떤 봉우리는 산세가 수려할 것이고, 어떤 봉우리는 기운이 좋을 것이니 자신의 특징을 잘 살리면 어떤 봉우리든지 최고가 될 수 있습니다.”

“허허허, 그것 또한 옳은 말일세.”

상묘 라마는 기분이 좋아진 듯 밝게 웃었다. 그리고는 잠시 눈을 감고 고개를 몇 번 끄덕이더니 다시 소운에게 말했다.

“이리 오게. 내 소운 시주에게 한 가지 부탁이 있네.”

“제가 할 수 있는 일이라면 하겠습니다.”

“만약 이곳을 무사히 빠져나가게 된다면 우리 대뇌음사의 영불전에 가서 내 후대의 영불전주에게 진혼진언의 묘결인 부심진혼경을 전해달라는 것이네. 내 지난 세월 동안 끊임없이 부심진혼경을 외운 덕분인지, 부심진혼경 중 일부에 작은 심득을 얻었네. 그것을 전해주게.”

“알겠습니다.”

초면의 인물에게 자신의 생명과 자유를 걸고 지키던 진결과 심득을 전한다니? 무리가 있는 일이다. 하지만 그것은 상묘 라마에게는 쉬운 일이었다. 그가 얻은 심득이 소운이 혈불의 사람이 아님을 확인해 주었다.

거기에 사지에 몰린 상황에서 전혀 득이 되어주지 못한 자신의 부탁을 들어주겠다고 한다. 상묘 라마는 과연 자신의 선택이 잘못되지 않았다고 스스로 확신했다.

"그럼 이리 와서 나에게 등을 대고 앉게. 부심진혼경은 말로만 전할 수 있는 것이 아니니, 마음을 비우고 나의 울림을 받아들여야 할 것이네. 물론 진언도 모두 외워야 하네. 글자뿐만이 아니라 음의 고저와 강약도 틀리면 안 되네."

상묘 라마의 말대로 이 정도의 묘법이면 단순한 글로는 전할 수 없는 부분이 있을 것이다. 소운은 순순히 상묘 라마에게 등을 맡기고 가부좌를 틀었다.

곧 상묘 라마의 두 손이 소운의 등에 닿았다. 그러자 묘한 떨림이 상묘 라마의 몸에서 느껴졌다. 동시에 상묘 라마의 입에서 밀교의 진언이 흘러나왔다.

보통 사람은 따라서 발음을 할 수도 없을 정도로 기묘한 구결들. 그러나 소운의 기감은 그 모든 것의 이치를 받아들이게 했다. 이해할 수 있으니 외우기도 쉬웠다.

한참 동안 그렇게 부심진혼경을 받아들이다 보니 소운은 구결과 상묘 라마의 몸의 진동이 서로 같은 흐름에 의해 움직인다는 것을 깨달을 수 있었다.

'이것 역시 무공이다!'

지극히 고차원적인 무공의 이론이 그 안에 담겨 있었다. 그것은 바로 혈불이 펼친 정신 무공과 비슷한 차원의 것이었다. 어쩌면 서로 상극이 될지도 모르는 그런 것이었다. 이런 깨달

음을 가지고도 대뇌음사는 무너졌다. 왜일까? 혈뇌음사의 무
공 역시 대뇌음사로부터 나왔다고 하지 않았던가?

그러나 곧 그 이유를 생각해 낼 수 있었다. 대뇌음사는 정
신 무공에 치중하여 그것을 실전적인 경지에까지 끌어내지
못한 것이 틀림없다. 실제로 승리가 펼친 대뇌음사의 최고 무
공이라는 것에는 이런 정신적인 부분에 대한 무리는 조금도
엿보이지 않았다.

'그렇군. 원래 이들의 정신 수련은 무공을 위한 것이 아니
었어. 무공은 하찮은 것. 정신적인 깨달음이야말로 성불할 수
있는 것이겠지. 그런데 혈뇌음사는 그것을 부정한 거야. 무공
으로 성불할 수 있다고 주장했을 것이고, 그것을 피로 실현해
보였음에 틀림없다.'

천마신교 역시 마찬가지 교리를 가지고 있다. 그곳에서의
신앙의 대상은 무공이라 할 수 있다. 원래 그들이 가지고 있
던 교리는 무공에 의해 변색되어 버렸다.

중원의 경우는 어떤가? 인, 의, 예를 숭상한다고는 하지만
결국 무력에 의해 각 문파의 성쇠가 결정된다.

특히 근래에 들어서 각 문파들은 단기적인 집중 수련에 의
한 외공이나 무기술, 혹은 집단전에 필요한 병진 쪽에 힘을
기울여 연구를 하고 있는 실정이다.

그도 그럴 것이 소림사나 무당파, 또는 천마신교가 강력한

힘을 발휘할 수 있는 것 중 하나가 나한진과 같이 다수의 하수로 소수의 고수를 상대할 수 있는 진법에 있기 때문이라는 평도 있다.

물론 상승무공이라 할 수 있는 비전절학은 오랜 세월 동안 내외공을 모두 수련해야 비로소 성과를 얻을 수 있지만, 그것 역시 실전 경험에 의한 강함을 중시한다.

정신적인 수련을 위한 도구는 아닌 것이다.

'하지만 어쩌면 그런 강함에의 추구는 초심을 잃고 본질을 변색하게 하는 요소일지도 모른다.'

소운은 지금 그렇게 느끼고 있었다. 그 자신이 천마경에 이르기 전에는 내공의 강함이 곧 승부의 결정적인 요소라 생각했지만, 지금은 전혀 다르게 느끼는 것이다.

만약 소운이 혈장천마의 내공을 모두 녹였다고 하더라도 혈불과 싸우면 무조건 진다. 혈불은 소운이 사용하는 내공조차 마음대로 빨아들여 자신의 것으로 할 수 있다.

소운 역시 상대가 혈불이 아니라면 모든 내공을 흐트러뜨리거나 무력화시킬 수 있다. 혈불에게조차 그게 어느 정도 가능하다. 그러나 문제는 혈불을 상대로는 소운 역시 내공을 제대로 사용할 수 없게 된다는 점이다.

그보다 하수라면 소운은 약간의 힘만으로 상대의 내공을 흐트러뜨린 후에 상대가 정상으로 돌아오기 전에 공격을 가

할 수 있을 것이다. 그만큼 소운이 천마경에 도달한 이후에 기를 움직이는 것이 훨씬 자유로워졌다.

그렇다면 천마경에 이른 자들은 어떻게 승부를 내게 될까? 천마경 이후에 발전하기 위해서는 어떤 수련을 해야 하는가? 그것은 바로 정신 무공의 수련이다.

혈뇌음사에는 그것이 있다.

천마신교에는? 있을 것이다. 단지 그것을 아직 소운이 찾지 못했을 뿐이다.

'돌아가면 천마관부터 뒤져 봐야겠군. 난 아직 천마신교의 모든 것을 얻지 못했다.'

소운은 또 하나의 실마리를 찾은 기분이 되었다.

그때 드디어 상묘 라마의 진언이 끝났다. 동시에 그의 몸에서 울리던 떨림도 멎었다.

"다 되었……."

털썩.

상묘 라마는 말을 끝내지도 못하고 앉은 채로 옆으로 쓰러졌다. 소운이 뒤를 돌아보니 그의 몸이 거의 목내이처럼 말라 있었다. 상묘 라마는 몸의 진동을 일으키기 위해 선천지기를 격발시켰던 것이다.

"아! 상묘 라마님!"

소운은 놀라서 얼른 그의 몸을 부축했다. 그러나 상묘 라마

의 몸은 이미 죽은 것이나 다름이 없었다. 그의 마지막 남은
정신이 몸에 미약한 진동을 만들어왔다.

"비결을 전수했네. 나는 맡은 바 소임을 다 하지 못하고 귀천을
하지만, 후대에 누군가는 뜻을 이룰 것이네."


"이런 의미였군요."
소운은 한숨을 내쉬었다. 영불전의 전주는 어떤 경우에도
자살을 할 수 없다고 했다. 그리고 꼭 가진 것을 후대에 전하
기 위해 최선을 다 하는 의무도 있었다. 상묘 라마는 이 방에
서 자유로워짐과 동시에 자신의 의무를 다하기 위해 소운에
게 마지막 생명력을 이용해 비결을 전수한 것이다.
"꼭 영불전을 찾아 상묘 라마의 깨달음을 전하겠습니다."
소운은 상묘 라마의 시신 앞에서 조용히 맹세를 했다. 그리
고는 잠시 호흡을 가다듬으며 기감을 확장시켜 혈불의 위치
를 찾아내려 했다.
신기하게도 부심진혼경을 전수받는 사이에 소운의 내외상
이 모두 치료가 되었다. 보통 때보다 열 배가 넘는 치유 속도
라 할 수 있었다. 이걸로 보아 부심진혼경의 신묘함이 소운의
육체에 영향을 미치고 있는 것 같았다. 단지 그것을 소운이
의식적으로 다룰 수 없을 뿐이다.

"남쪽!"

소운은 드디어 혈불의 위치를 알았다. 순간 혈불도 소운의 위치를 알았다. 기감과 기감이 부딪치며 동시에 상대를 느낀 셈이다.

소운은 순간적으로 몸을 날려 북쪽으로 향했다. 원래는 기다렸다가 싸우려 했지만 지금은 그럴 때가 아니다. 싸울 때는 싸우더라도 꼭 해야 할 일이 있었다.

- 도망가는가!

혈불의 전음 소리가 들려왔다. 원래 전음은 상대를 육안으로 확인해야 보낼 수 있는 것인데, 혈불은 소운의 기를 느끼자 그대로 보내왔다. 이건 혜광심어와도 같이 머리에서 머리로 전달하는 기파와 같았다.

소운은 그 말에 대답하지 않고 그대로 천장을 뚫고 날아올랐다.

우우우우.

거대한 장소성을 터뜨리며 허공을 나는 소운은 과거 혈장천마의 신위와 거의 비슷한 수준이었다. 단지 묵혈신마공에 의한 검은 강기가 아닌 차가울 정도로 푸른 청색의 강기가 그를 덮고 있었다. 이제는 묵혈신마공과 독정이 완전히 융합되어 소운 자신의 의지에 완벽하게 따랐다.

천마경은 바로 무신의 경지! 아무도 소운을 막으려 하지 않았다. 그러나 뒤에서는 혈불이 붉은 구름과도 같은 강기를 몸에 두르고 쫓아왔다.

"아미타불! 떠날 수 없다."

혈불은 소운의 운명이 이미 자신의 손아귀에 있다는 것을 선언하듯 외쳤다. 그리고 그의 목에 걸린 혈염주를 풀어 앞으로 던졌다.

위이이잉 하는 소리와 함께 염주가 소운을 향해 날아왔다. 둥그런 원을 그리며 점점 퍼지는 그것은 핏빛의 그물과도 같이 소운을 안에 가두려 했다.

더욱이 무서운 것은 각 염주마다 맹렬한 회전을 하며 엄청난 흡입력을 발휘하고 있다는 것이다.

"으윽, 대단하군."

소운은 역시 쉽게 빠져나갈 수 없다는 것을 알고는 몸을 뒤집으며 연속으로 팔을 휘둘렀다. 그러자 그의 손에서 강기의 검이 생겨나 단숨에 수십 개의 검강편을 생성해 내었다.

파파팍!

"소용이 없나!"

소운은 혀를 찼다. 혈염주는 검강편을 너무나도 쉽게 파괴했다. 아무래도 그것들은 서로 간에 진형을 이루고 다가오는 모든 것을 협공하게 되어 있는 모양이다.

"차앗!"

소운은 다시 검을 휘둘렀다. 이번에는 단 하나의 강력한 검 강이 그의 손에서 뿜어져 나와 혈염주를 가르려 했다.

그러자 혈염주가 그것에 반응하여 이리저리 튀기 시작했다.

"진법이군!"

상대가 감당할 수 없는 힘일 때에는 교란을 하게 되어 있는 모양이다. 그사이 혈염주는 소운에게 더욱 가깝게 다가온 상태였다.

소운은 이를 악물고 혈염주 중 일부에 손을 뻗었다. 그러자 소운의 몸이 마치 혈염주에 빨려 들어가는 듯 급격히 방향을 바꾸었다.

파파팍!

소운이 내민 손바닥에 혈염주들이 부딪쳤다. 그런데 그 순간 혈염주를 감싸고 있던 붉은 강기가 모두 사라져 버렸다. 단지 회전하는 혈염주들이 암기처럼 소운의 몸에 충격을 가했다.

"역시, 염주 하나에 만 근의 힘이 실려 있군."

소운은 비틀거리며 땅에 내려섰다. 어쨌거나 진의 일부를 부숨으로써 그가 피할 공간이 생긴 것이다.

혈불은 그런 소운의 삼 장 앞에 내려섰다.

"강기를 흐트러뜨리는 수법이 대단하군. 하지만 그걸로는 본불을 상대할 수 없다."

“아무래도 그런 것 같소. 몰래 갑자기 사용했어야 그나마 효과가 있었을 텐데 말이오.”

“허허허, 아직 여유가 있군. 하지만 그대라면 이미 깨닫고 있을 걸세, 내 앞에서 도망을 가는 것은 불가능하다는 것을.”

“그런 모양이오.”

“그럼 싸울 텐가?”

“그 수밖에 없지 않겠소?”

“좋군, 좋아!”

혈불은 소운의 대답이 크게 마음에 드는 듯 연신 좋다는 말을 했다. 그리고는 발출했던 혈염주를 다시 손 안으로 거두어 들였다. 가만히 보니 혈염주들은 원래부터 끈이 아닌 강기로 이어져 있었던 모양이다. 그걸 보면 혈불은 항상 강기를 발출한 채로 있을 수 있다는 말이 된다.

소운은 고개를 살짝 숙였다. 한숨이 나오는 것을 참기 위해서였다. 지금까지 싸우려고 마음먹은 다음부터는 그 누구에게도 진다는 생각을 하지 않았는데, 혈불을 보자 그의 마음이 흔들렸다.

싸울 때가 아니다! 지금 싸우면 진다!

소운의 마음속에서 누군가가 그렇게 외쳤다.

‘투지마저 일지 않다니……!’

소운은 속으로 참았던 탄식을 했다.

왜 갑자기 패배를 생각하게 되었지? 소운은 문득 이상한 기분이 들었다. 진곡이나 승리를 상대로 싸울 때에도 불리하기는 마찬가지였다. 그러나 진다고 생각한 적은 지금이 처음이다. 이자야말로 내가 넘을 수 없는 벽이란 말인가?

'이 궁금증을 풀 때까지는 죽을 수 없지.'

소운은 그렇게 생각하며 심호흡을 한번 했다. 그러자 머리가 맑아지는 듯한 느낌과 함께 다른 결론을 얻을 수 있었다.

'투지가 일지 않는 이유는 나의 본능이 싸움을 원하지 않기 때문이다.'

싸울 수밖에 없는데 본능이 그것을 원하지 않는다면? 그것은 바로 본능은 싸우지 않고 끝낼 수 있는 법을 알고 있다는 뜻이다.

'뭐지?'

소운은 다시 한 번 머리를 굴렸다.

"준비됐으면 출수하게."

혈불이 말했다. 후배에게 선수를 양보하겠다는 의미였다. 하지만 소운은 여전히 손을 쓰지 않았다. 마음이 흔들린 이상 싸우면 필패다.

그때, 소운의 머릿속에 그가 할 수 있는 일이 생각났다. 그는 즉시 혈불에게 말을 건넸다.

"상묘 라마가 나에게 부심진혼경을 전했소."

갑자기 소운의 입에서 나온 뜻밖의 말. 과연 혈불은 관심 어린 표정으로 되물었다.

"그래서?"

"그리고 본인은 그대가 어떻게 사람의 정신 속을 들여다볼 수 있는지를 알고 있소. 그러니까 나도 조금만 수련하면 그것이 가능해질 것이오."

"허어, 그런가? 그렇다면 내가 설마 하고 생각했던 것이 사실인가 보군. 그대는 스스로 의식 속에 자신을 가둔 거야."

"그렇소. 천마를 이기고, 그대를 뛰어넘기 위해서는 그 방법밖에 없다고 생각했었소."

"대단한 방법이군. 사실 그대가 혈장천마와 끊임없이 싸우는 것을 보고 훌륭하다고 생각했네. 만약 자네가 우리 혈뇌음사의 제자였다면 틀림없이 나의 뒤를 이었을 것이네."

"만약은 필요없소. 이제 남은 것은 본인이 그동안 얻은 것을 모두 녹여 혈불을 넘어서는 것뿐이오."

"그건 쉽지 않은 일일세. 아무리 알아도 이해하기는 어렵고, 그것을 몸으로 익히기는 더욱 어려운 법이니까 말이야. 무엇보다 본불은 그대가 강해질 때까지 놔둘 생각이 없네. 강해질 때까지 기다리는 것은 쓸데없는 여유일 뿐이지. 진정 강한 자라면 상대가 강하기 전에 쳐서 없애야 하는 법일세."

"그렇구려. 선배의 말씀이니 내 깊이 명심하겠소."

소운은 대답을 하자마자 갑자기 몸을 날려 다시 도망을 가기 시작했다. 그 모습에 혈불은 기가 막히다는 듯 외쳤다.

"아직 포기를 못했나!"

혈불은 다시 혈염주를 던지며 그 자신도 소운을 뒤쫓기 시작했다. 그는 자신이 펼치는 혈영만천의 수법에서 그 누구도 벗어날 수 없다고 확신했다.

'방법은 오직 하나, 맞받아치는 것뿐이다. 그것 또한 나쁘지 않지!'

그런 경우에는 더 이상 도망을 가지 못하고 다시 자신과 맞서야 한다. 이번에 소운이 멈춘다면 더 이상 말을 하지 않고 바로 손을 쓰리라고 그는 속으로 결심했다.

그런데 이번에는 혈불의 판단이 틀렸다.

막 혈불이 소운이 서 있던 곳을 지나려 할 때, 그의 머릿속으로 묘한 울림이 느껴졌다.

그것은 밀교의 진언이었다.

바로 소운이 상묘 라마에게 이어받은 부심진혼경! 동시에 그의 전신이 부르르 떨렸다. 진언과 함께 진동마저 그에게 전해지기 시작한 것이다.

혈불은 더 이상 소운의 뒤를 따를 수 없었다. 그는 자신도 모르게 멍하니 서서 진언을 이어받기 시작했다.

멀리서 소운의 웃음소리가 들려왔다.

"하하하, 역시 혈불께서는 부심진혼경을 원하고 있었구려. 사양하지 말고 받으시고, 십 년 후에 다시 만나 누가 더 많은 것을 얻었나 한번 겨뤄봅시다!"

혈불은 고개를 절레절레 저으며 한숨을 내쉬었다. 소운이 무슨 수를 썼는지 그는 이미 알고 있었다.

바로 경혼진언의 묘결 중 하나인 무언언약!

소운은 부심진혼경이라는 단어를 꺼냄으로써 혈불의 마음을 흔들었고, 아직 마음속에 진언에 대한 욕심이 남아 있는 혈불의 마음이 살짝 흔들렸다.

그사이 소운은 땅에 울림을 심고, 다시 혜광심어로 대기에 구결을 담았다.

혈불이 소운이 있는 곳을 지나는 순간 부심진혼경은 혈불에게 흘러들어 가기 시작했고, 이미 마음이 흔들려 경혼진언에 넘어간 혈불은 순간적으로 그것을 받아들이기 시작한 것이다.

혈불은 잠시 고민을 했다. 진언을 포기하고 소운을 쫓아가려면 갈 수도 있다.

그러나 이미 소운은 상당히 멀어져 이제는 쉽게 잡을 수 있을지 없을지 자신할 수가 없었다. 문제는 지금 미련을 끊고 소운을 쫓으면 부심진혼경은 영원히 얻지 못한다는 점이다.

그는 요즘 혈영구마공의 팔단계의 완성을 눈앞에 두고 마지막 남은 몇 가지 과제에 고심하고 있었다. 그것을 해결하지 못하면 아마도 자신의 잠재력은 점점 약해져서 노화가 촉진될 것이다. 혈뇌음사의 조사도 그 때문에 죽었다.

그런데 아무리 생각해도 이 부분을 해결하기 위해서는 진혼진언에 대한 묘리가 필요했다. 말하자면 소운이 혹시나 하는 마음으로 판 함정이 혈불에게는 가장 절실한 것이었다!

결국 혈불은 소운에 대한 추적을 포기하고 부심진혼경을 얻기로 결심했다.

혈불은 즉시 전음으로 장로들을 모두 동원해 사원 외곽에 천라지망을 치라고 명했다.

"아미타불. 그자가 이곳의 지리를 모르는 이상, 도망을 쳐도 결국은 잡힐 것이다. 우선은 인연이 닿은 진언을 얻도록 하자."

마음을 비운 혈불은 구결과 진동에 집중했다. 이것을 얻어 혈영구마공의 팔단계를 완벽하게 이룰 수 있다면 일로마협과 혈장천마가 연수합공을 해도 이길 수 있으리라! 혈불은 그렇게 생각하며 입가에 미소를 지었다.

그러나 약 반 각 후, 혈불의 머릿속으로 한참 흘러들어 오던 구결이 도중에서 뚝하고 멈췄다. 땅의 울림도 정지했다.

정확하게 부심진혼경의 절반 부분에서 끊겨 버린 것이다.

"허헛!"

　혈불은 살아생전 지금처럼 당황한 적이 없었다. 한참 중요한 대목에서 구결이 끊기다니? 그때 대기 속에 남겨두었던 소운의 말소리가 다시 그의 머릿속으로 흘러들어 왔다.

　- 시간이 없어서 절반만 전하겠소. 내가 미쳤다고 그대에게 온전한 구결을 전하겠소? 십 년 뒤에 봅시다.

　"으으으, 일로마협!"

　혈불의 살기가 백 장 위까지 치솟아올랐다. 백 년이 넘은 그의 정신수양이 이 순간에 깨졌다.

第二章
혈뇌수난(血雷受難)
한번 제대로 망해봐라!

南斗延壽保爾時老君告天師曰
太八會之真文三洞三清之上
彙道元始天尊昔經歷于億萬劫天地始修
太上說南斗延壽保爾

熙衰而人倫五運遷變萬彙道
安真經太上說南斗
此經乃九天八

# 혈뇌수난(血雷受難)

한번 제대로 망해봐라!
나를 건드린 자는 무사하지 못한다

　　보통 사람은 위기에서 벗어나면 일단 안전을 확보하기 위해 최선을 다한다. 자신의 생명이 최고라는 보호 본능이 잡념을 막아주는 것이다.

　　그러나 오랜 실전을 통해 산전수전을 다 겪은 자나 특별한 감각을 지닌 자는 다르다. 어떤 상황에서도 철저한 손익계산을 통해 도망가는 와중에서도 항상 반격을 생각하고, 쫓는 상황에서도 자신의 안전을 소홀히 하지 않는 것이다.

　　소운 역시 그랬다. 그는 혈불이 멈춘 것에 자신의 경혼묘법이 성공한 것을 알았고, 그 뒤에 계속해서 혈불이 그 자리에 머무는 것을 느끼자 그가 소운의 목숨보다 부심진혼경을 택했다고 확신했다.

그 순간 소운은 마음을 바꿨다. 그의 계략은 혈불의 마음속에 있는 허영과 욕심을 토대로 한 것이다. 그것이 성공하자 혈불도 완전하지 못하다는 것을 알았다.

'혈불! 너에게 이기는 방법은 바로 진흙탕으로 끌고 들어가는 것이다!'

소운의 머릿속에서는 이미 혈불과의 싸움이 시작되었다. 그것은 서로 검과 장을 교환하며 싸우는 것이 아닌 누가 더 마음이 흔들리는가의 싸움이었다.

소운은 혈불의 기감 공간을 벗어나자마자 즉시 은형술을 펼치며 방향을 틀었다. 그리고는 눈에 보이는 혈뇌음사의 라마 중 한 명을 붙잡아 물었다.

"이곳에서 가장 중요한 곳이 어디냐?"

소운의 전신에서 일어나는 기세는 눈앞의 라마를 사슬처럼 꽁꽁 감아 조였다. 그리고 그의 눈에서 흘러나오는 기묘한 기운은 상대의 정신을 압도해 흔들었다.

라마는 순간적으로 머릿속이 비어 다른 생각을 하지 못하고 소운의 질문에 성심성의껏 대답했다.

"본전의 대웅전과 장서각입니다."

"본전은 곤란하겠군. 장서각의 위치는?"

"저쪽에 보이는 가장 높은 건물입니다."

"알았다."

소운은 그가 가리킨 곳을 향해 몸을 날렸다. 어느새 그의 몸이 흐릿해지면서 보통 사람은 제대로 볼 수조차 없게 되었다. 몇몇 사람들이 소운을 막으려 했지만 소운은 굳이 싸우려 하지 않았다. 상대가 나름대로 엄밀하게 막아도 소운의 눈에는 코끼리도 지나갈 만한 큰 구멍으로 보였다.

긴 호흡 한 번 할 시간에 소운은 장서각에 도착했다. 입구를 지키고 있는 자는 둘. 하나같이 범상치 않은 무위를 지닌 자들이었다. 하지만 소운의 몸이 그들을 스쳐 지나가자 둘은 신음 소리도 내지 못하고 쓰러졌다.

동시에 그 광경을 보고 있던 수십 명의 라마들이 모두 쓰러졌다. 소운이 발한 강기의 침이 그들의 혈을 정확하게 짚은 것이다.

이로써 소란은 최소화되었다. 소운은 장서각 안으로 들어갔다.

커다란 책장이 즐비하게 늘어서 있고, 그 안에는 책이 빽빽하게 꽂혀 있었다. 이것들이야말로 대부분 강호로 나가면 혈풍을 부를 만한 진귀한 무공 비급일 것이다. 설령 무공 비급이 아니더라도 보통 잡서일 리는 없다.

소운은 씨익 하고 웃으며 중얼거렸다.

“혈불, 넌 나를 그냥 보낸 걸 평생 후회할 것이다.”

마음을 이미 굳게 먹은 상태다. 손에 망설임이란 있을 수 없다. 소운은 전력으로 장서각에 있는 모든 것을 파괴하기 시작했다.

퍼퍼퍼펑!

파란 강기가 수십 마리의 새의 모양을 한 채 날아갔다. 그리고 닿는 모든 것을 태웠다. 이제 소운은 청염조를 만드는 데 전혀 힘이 들지 않았다. 뿐만 아니라 모두 정교하게 조종할 수 있었다.

불새의 조종자. 소운은 그렇게 부를 만했다.

순식간에 일층이 모두 타버렸다. 소운은 다시 이층으로 올랐다.

“이놈! 이 악마 같은 놈!”

누군가가 위에서 뛰어내려 오며 외쳤다. 머리 위에 높은 모자를 쓰고 있는 것을 보니 상당히 높은 신분의 라마 같았다.

“혹시 장서각주?”

“그렇다. 네놈의 만행은 혈불께서 용서치 않을 것이다.”

“혈불은 이미 날 용서하지 않을 거다. 하지만 그대는 날 용서할 자격도 없지.”

소운은 차갑게 말하며 손을 뻗었다.

콰콰콰콰!

묵혈신마공의 폭령파가 소운의 손에서 시전되었다. 이건 초식이라고 하기보다는 넘쳐흐르는 기의 힘을 앞으로 배출하는 행위일 뿐이다. 단순하게 보이지만 이 힘은 걸리는 모든 것을 파괴한다.

장서각주 역시 이걸 막을 수는 없었다. 그는 기겁하여 몸을 피하려 했다.

그때 소운이 외쳤다.

"폭!"

콰쾅!

강기의 파도가 거대한 폭발을 일으켰다. 장서각주와 함께 이층이 단번에 날아갔다. 소운은 심호흡을 한번 하여 소모된 내력을 보충했다.

그리고는 쓸쓸한 미소를 지으며 중얼거렸다.

"아무래도 일로마협이란 이름은 서장의 혈뇌음사에는 분서갱유의 범인으로 낙인찍히겠구나."

분서갱유란 진시황이 한 일로 천하의 모든 책을 불사른 일이다. 우민정책을 위해 학문을 금지시킨 것으로 소운 역시 혈뇌음사에 대해 그런 의도를 가지고 있었다.

"뭐, 그것도 좋겠지. 이로써 혈뇌음사의 힘이 조금은 줄어들 것이다."

소운은 곧 마음을 털어버리고 초심으로 돌아갔다. 그리고 가장 빠르고 확실하게 칠층에 이르는 장서각의 모든 서적을 태우고 벽화마저 파괴했다.

그리고는 사방의 기둥을 부수어 건물 자체가 조금이라도 충격을 받으면 무너지게 만들었다.

그 후에 소운은 지하로 숨어들었다. 지하 역시 서적들이 있었는데, 소운에게는 그것이 얼마나 중요한 것인지 살필 시간적 여유가 없었다.

"끝을 보자."

소운은 다시 손을 썼다.

그때였다. 소운의 기감에 혈불이 잡혔다.

"이크!"

소운이 느꼈다면 혈불도 느꼈을 것이다. 아니, 혈불은 이미 소운이 장서각에 들었음을 알고 왔을 터, 이제는 도망을 갈 때였다.

"내가 지둔술을 배워두길 잘했지."

소운은 작은 목소리로 중얼거리며 몸의 기척을 지웠다. 전신에 기의 막을 둘러 심장이 뛰는 소리며 피부의 냄새조차 밖으로 새어나가지 않게 했다. 또한 대기의 흐름마저 조종하여 이곳에 소운이 있다는 흔적을 지웠다.

그리고는 곧바로 땅속으로 파고들었다. 두더지같이 땅속에 숨는 것이 자존심 상하기는 하지만 지금 혈불을 상대로 그런 걸 따질 때가 아니다.

스스슥.

소운이 땅을 파고드는 것과 거의 동시에 혈불이 장서각 앞에 도착했다. 그의 움직임은 거의 귀신과도 같아 백 장의 거리를 일순간에 이동했다.

혈불은 이미 전신이 붉은 강기로 뒤덮이고 두 팔과 다리가 모두 투명하게 변해 있었다. 기를 극도로 끌어올려 소운을 잡기만 하면 바로 때려죽일 생각인 것 같았다.

"이놈! 이 치졸한 놈!"

장서각 근처에 온 순간 혈불은 안의 상태를 알았다. 수백 년 동안 혈뇌음사가 모아온 귀한 서적들이 일순간의 방심으로 재가 되었다. 혈불로서는 참을 수 없는 치욕이라 할 수 있었다.

그때, 더욱 참을 수 없는 일이 일어났다.

쿠쿠쿠쿠.

장서각이 묘한 소리를 내며 흔들렸다. 그리고는 아래부터 찌부러지듯 부서지기 시작했다.

쿠르르릉!

일층부터 칠층까지의 기둥을 모두 부순 상태에서 다시 마지막으로 지하에서 강기 폭발을 일으켰다. 버텨낼 수 있을 리가 없다.

장서각은 마치 지하로 가라앉듯 무너졌다.

혈불은 전신을 부르르 떨면서 그 광경을 보기만 했다. 그는 지하로 소운을 쫓을 생각도 하지 못했다.

그저 기막힌 표정으로 중얼거릴 뿐이었다.

"어떻게 그런 무공을 가지고 이런 비겁한 짓을 할 수가 있는가? 네놈은 체면도 위신도 없는가!"

이미 가버린 사람에게 질문을 해봤자 대답을 들을 수는 없다.

그러나 사실 혈불이 착각하는 것이 있었다.

원래 소운은 일이 년 전까지만 해도 그렇게까지 고수가 아니었다. 그리고 처음부터 자존심보다는 생존에 지대한 관심을 두고 무공을 익혔다.

하물며 초절정고수의 기간도 거의 없었다. 절정고수일 때도 그의 주변에는 강한 자들만 있었다.

고수와의 싸움을 거듭하면서 강해지기는 했지만 소운에게 있어서 강함은 어디까지나 상대적인 것, 그런 그에게 절대고수가 되었다고 해서 그에 어울리는 품격 같은 것을 기대할 수는 없는 것이다.

과거 초절정고수가 되었으면서 체면을 돌보지 않고 비겁한 짓만 일삼은 남도왕과는 조금 다르지만 크게 다르다고는 할 수 없었다.

이런 사정을 혈불이 알 리가 없었다.

무엇보다 장서각이 무너지면서 발생하는 진동이 소운의 움직임을 가려주었다. 정확하게 말하면 소운이 그 진동에 따라 들키지 않고 움직이고 있는 것이다.

혈불이 다시 소운의 종적을 놓쳤을 때, 소운은 자신의 생각이 옳았다는 것을 알았다.

혈불에게는 한계가 있다! 그는 원래 혈뇌음사에서 귀하게 자라 나이가 들면서는 수장으로 지내온 자. 결코 비천한 일을 해본 적이 없을 것이다.

남을 부리고, 위에 서는 것을 당연하게 생각한 혈불에게 있어 그 스스로 허용하지 못하는 것이 있다. 그로서는 무너지는 장서각 안에 뛰어들어 땅에 숨은 소운을 쫓는 것이 불가능하다. 체면이 그에게 제약을 주었다.

"그렇다면 맞서 싸우는 건 몰라도 도망을 가는 것은 얼마든지 가능하단 얘기지."

마침내 찾아낸 혈불의 빈틈, 소운은 마음속에 얼마간의 여유가 생기는 듯한 기분이 되었다.

여유는 곧 용기다.

"그자는 내가 이 길로 도망을 가리라 생각할 것이다. 그렇다면 틀림없이 외곽에 천라지망을 치고, 내가 지나갈 만한 길을 미리 막으려 하겠지."

서장에 생전 처음 와본 소운이 갈 곳은 몇 군데밖에는 없다. 서장 출신이라면 충분히 소운의 움직임을 예측하고 앞을 막을 터, 이대로 도망을 가다가는 어느 순간 혈불과 맞닥뜨리게 된다.

하지만 지금 소운이 느끼기에 주변의 힘의 기운이 모두 바깥으로 흐르고 있었다. 이것은 바로 혈뇌음사의 고수들이 외부로 나가는 것을 의미한다. 바로 소운을 가두기 위해서이다.

심각한 상황, 천라지망에 갇히면 절대로 혈불을 떼어놓을 수 없다. 그러나 소운은 웃었다.

힘이 밖으로 나가면 안은 빈다.

"결국 난 독 안에 든 쥐와 마찬가지지. 하지만 독을 나갈 마음을 버리고 안에서 숨는 방법이 있다는 것을 보여주지."

결론을 내린 소운은 아예 방향을 거꾸로 잡았다. 그가 향하는 곳은 바로 혈뇌음사의 본전 쪽이었다.

"가장 중요한 곳이 대웅전과 장서각이라고? 하나만 부수면 아쉽지."

본전은 그가 온 곳이니만큼 어느 정도 방향과 지리를 알고 있었다. 대웅전이 어딘지는 정확히 알 수 없었지만 사찰의 특성상 가장 큰 건물이리라.

"흐읍."

소운은 대웅전이 눈앞에 보이자 단숨에 모든 것을 쏟아낼 준비를 했다. 적어도 대웅전이라면 무시할 수 없는 고수들이 구름처럼 있을 터이다.

과연 소운의 움직임을 알아차리고 나오는 자들이 서넛 있었다. 그들 모두가 초절정의 벽에 도달한 자들로 소운이라고 해도 단숨에 죽이기는 힘든 수준이었다.

"생각보다 적은데?"

소운은 씨익 웃으며 강기로 검을 만들어 휘둘렀다.

"막아라!"

상대한 자들은 소운의 검을 맞받으려 하지 않고 서로 진형을 짜 흘려내려 했다.

"역시 제대로 손을 쓰게 만드는군."

소운은 따로 준비해 두었던 힘을 방출했다. 그와 동시에 그들의 나직한 신음 소리를 흘려 상대의 정신을 뒤흔들었다.

"흐ㅇㅇㅇ."

귀곡성! 혈뇌음사의 경혼진언을 이해하자 천마신교에 있는 여러 음공들 또한 모두 그 묘리 안에 있다고 깨달았다. 심지어는 혈뇌음사의 대범창 역시 여러 명의 힘으로 경혼진언의 힘을 발휘하기 위한 것임을 알았다.

지극의 도리를 배우니 모든 것이 만류귀종의 이치로 하나가 되었다. 그것은 바로 기를 음파에 실어 정신을 흔드는 것!

"으윽, 이것은!"

귀곡성을 들은 자들은 똑바로 서 있기도 힘들 정도로 어지러움을 느꼈다. 영혼이 흔들리자 몸 전체가 흔들리는 것이다.

"무공의 오의는 나의 강함으로 상대의 약함을 치는 것. 너희들은 아직 정신 무공에 대해 전혀 모르고 있다!"

이것이 바로 천마경에 도달한 자와 도달하지 못한 자의 결정적인 차이.

비틀거리는 자들에게 결정타를 먹이면서 소운은 비로소 왜 자신이 아직 혈불과 싸워서는 안 되는지 알았다. 내공과 초식은 비슷하다고 해도 정신 내면으로부터 공격을 당하면 버텨내기가 쉽지 않은 것이다.

"나는 아직 반쪽일 뿐이다. 하기야 반쪽짜리 천마를 보고 무공을 수련한 것이니 어쩔 수 없는 건가."

어쨌거나 이것으로 대웅전을 지키는 자들을 물리쳤다. 더 이상 소운의 앞에 서 있는 자는 없었다.

소운은 몸을 날려 대웅전 안으로 들어갔다.

안쪽에는 거대한 불상이 수십여 개나 놓여 있었다. 그런데 그 불상들은 하나같이 무기를 들고 핏빛으로 칠해진 혈불상들이었다. 어떻게 보면 인왕과도 같은 모습이다.

또 벽에는 나찰이나 악귀와 같은 흉악한 인상의 귀신들이 완전 무장을 하고 중앙의 불상들을 노려보고 있었다.

바닥을 보면 나한들과 악귀들의 시체가 그려져 있어 대웅전 전체가 혈불과 악귀의 전장을 묘사한 것 같았다.

불과 마귀가 싸우는 전장의 한가운데! 보기만 해도 마음이 흔들리는 마력이 그곳에 만연해 있었다.

"보통 사람이라면 이 안에 오래 서 있기만 해도 발광할 것이다."

소운은 혈뇌음사의 정신 무공의 흐름이 이 안에 있음을 알았다. 아마 이곳 대웅전은 조사 때부터 지켜져 내려온 곳이리라. 그리고 각대의 수장들은 이곳에서 정신 수련을 하면서 자연스럽게 경혼진언의 가르침을 무의식중에 받아들였음이 틀림없다.

가히 경혼기문진이라 할 만하다.

"좋아."

소운은 미소를 지은 채 고개를 끄덕였다. 격장지계를 위해 손을 쓰는 마당이다. 상대가 정신적으로 물질적으로 큰 피해를 입으면 입을수록 좋다.

다행히도 그의 생각대로 대웅전에 잠입할 수 있었으니 이제는 마지막 단계만 남았다.

"파!"

소운이 양손을 내뻗으며 기합을 지르자 그의 손바닥에서 수십 개의 강기의 검이 생겨나 날아올랐다. 각 검은 모두 살

아 있는 것처럼 벽에 있는 벽화와 늘어선 불상들을 모두 파괴
했다.

퍼퍼퍽.

적어도 수백 년 이상 된 불상들이 모두 가루가 되었다. 혹
시라도 복원될까 봐 소운은 아주 세심하게 손을 썼다. 그런데
다른 것은 모두 부서지는 상황에서 오직 중앙에 있는 가장 큰
혈불상 하나는 멀쩡하게 남았다.

놀랍게도 그것은 소운의 강기검을 튕겨낸 것이다.

"아니, 어떻게 저럴 수가?"

소운은 놀라서 신음성을 흘렸다. 그때 공격을 당한 혈불상
이 기묘한 기세를 내뿜기 시작했다.

"으음, 혈불상에 내력을 담아놓았군. 그런 방법이 있을 수
있나?"

소운은 혈불상을 감싸는 힘이 호신강기와도 비슷하다는
것을 알았다. 그러나 사람이 아닌 물질이 호신강기를 두를 수
는 없다. 그렇다면 누군가가 혈불상에 기운을 담아놓았다는
뜻이 된다. 검에 강기를 담아 날리듯 혈불상에 강기를 담아둔
상태로 있는 것이다.

그게 가능한 사람은 딱 하나! 바로 혈불이다.

"이런 젠장, 혈불이 바로 달려오겠군."

혈불의 기운을 건드렸으니 당연히 장본인이 알아차렸을

것이다. 소운이 외부로 도망갔을 줄 알고 나아갔다가 놀라서 돌아오겠지.

소운은 시간이 별로 없음을 알았다.

"아무리 급해도 끝은 봐야지."

소운은 혈불이 이렇게까지 지키고 싶어하는 혈불상을 꼭 부수고 가기로 결심했다.

그는 두 손을 모아 머리위로 들어 올리며 정신력 또한 그곳에 집중시켰다.

우우우우웅―

길이가 삼 장에 달하는 거대한 검이 생겨났다. 무엇이든 베어낼 수 있는 검이다. 소운이 그렇게 정했다.

"단!"

소운은 천지만물에 명을 내리듯 외쳤다. 그리고 두 손으로 잡은 검을 정면으로 휘익 내리그었다.

파캉.

거대한 혈불상은 금속으로 되어 있었다. 소운의 검이 그 중앙을 가르고 지나자 혈불상은 정확하게 두 쪽으로 갈라졌다. 그리고 갈라진 곳으로부터 수백 개의 금이 가더니 조그만 금속 알갱이처럼 변해 부스스 하고 무너져 내렸다.

일검으로 반을 가르고, 그에 따른 검강망으로 내부부터 완전한 파괴를 한다. 지금까지 익혀온 어떤 검법에도 속하지 않은 수법이었지만 소운이 생각한 그대로 실현되었다.

소운은 그때서야 만족한 미소를 지었다.

"이제 떠날 때다. 혈불, 죽을 때까지 쫓아와 봐라. 난 죽을 때까지 도망을 가주겠다."

그렇게 맹세하듯 중얼거리고는 몸을 돌려 나가려는 찰나, 소운은 무너진 혈불상 안에서 무엇인가를 보았다.

"어, 저것은?"

소운이 본 것은 하나의 구멍이었다. 사람 하나가 능히 들어갈 수 있는 구멍, 그리고 그 구멍 안으로는 계단이 보였다. 말하자면 통로이다.

"혹시?"

혈불상 아래에 감춰진 통로가 있다면 그 안은 정말로 중요한 곳을 터, 소운은 즉시 안으로 들어갔다.

계단 아래로 내려가니 약간 넓은 공간이 나왔다. 정면으로는 하나의 거대한 석문이 보였다.

소운의 눈이 문의 위쪽에 걸려 있는 간판에 머물렀다.


조사전.

파혈불즉 환난뇌음(破血佛則 患難雷陰).

입전제자 득정신묘(入展弟子 得精神妙).

"혈뇌음사를 세운 사람이 남긴 곳이로군. 혈뇌음사의 위기 때를 대비해서 남겨둔 곳이야."

기연! 사람의 기운이 전혀 없는 것으로 보아 적어도 수십 년 동안 아무도 이곳에 오지 않은 것 같았다. 그렇다면 혈불도 이곳을 알지 못함이 틀림없다.

소운은 잠시 갈등을 했다. 이성적으로 생각하면 혈불이 오기 전에 이곳을 떠야 한다. 이런 곳에 들어갔다가 갇히면 그야말로 스스로 독 안으로 들어간 쥐새끼와 같은 꼴이다.

하지만 소운은 들어가기로 결심했다. 이곳은 조사가 문의 위기시를 대비해서 남긴 최후의 안배, 틀림없이 외적을 막을 수 있는 방비가 되어 있거나 어쩌면 따로 몸을 뺄 수 있는 탈출로가 있을 것이다.

"어차피 이대로 도망가 봤자 천라지망에 갇힐 가능성이 크다. 차라리 혈뇌음사 조사의 안배에 내 안전을 걸자."

남의 둥지를 파괴하는 것으로 모자라 이제는 조사안배마저 빼어 먹으려 드는 소운이었다.

일단 마음을 먹은 이상 서둘러야 한다. 소운은 즉시 석문을 열고 들어갔다.

쿠르르룽!

석문이 가는 소리를 내며 닫혔다. 그러자 곧 그가 내려간 통로 주변이 쩍쩍 금이 가기 시작했다. 석문이 열렸다 닫히는 것으로 기관이 발동된 모양이다.

콰콰콰쾅!

대웅전 바닥이 움푹 꺼졌다. 완전히 무너진 것이다. 소운의 예상대로 조사의 안배는 훌륭하여 입전자를 보호하기 위한 충분한 대비가 되어 있었다.

혈불이 도착한 것은 바로 그 직후였다. 혈불은 날아오는 도중에 대웅전 건물이 통째로 무너지는 것을 보았다.

"또! 그놈이 우리 혈뇌음사를 어디까지 망칠 셈인가!"

백오십 년의 정신 수련이 지금 이 순간은 어디론가 날아가 버렸다. 혈불의 얼굴이 악귀처럼 일그러졌다.

장서각과 대웅전이 가루가 되었다. 이것은 일파의 수장으로서 감당할 수 있는 수치가 아니다.

평생 패배를 모르고, 서장에서 제일가는 혈뇌음사의 수장으로 무공마저 역대 최고라는 자부심을 가지고 있던 혈불의 자존심은 완전히 무너진 것이나 다름없었다.

그는 폐허가 된 대웅전을 보며 피눈물을 흘렸다.

"내가 너무 자만했구나. 적어도 나 이외에는 그놈을 막을 자가 없는데, 그걸 알면서도 날뛰도록 놔두다니……."

상대가 도망을 안 가고 혈불의 눈을 피해 분탕질을 친다는 것은 미처 예상치 못했던 일이다. 혈불은 자신의 생각이 빈틈이 있음을 깨달았다. 애초에 땅속을 파고들든 물속으로 뛰어들든 끝까지 놓치지 않고 쫓아갔어야 했다.

무공 수위는 둘째치고 상대의 심기와 악독함은 결코 혈불 자신에 뒤지지 않는 것이다. 그 위에 은신술마저 뛰어나 그의 눈을 요리조리 피하고 있지 않은가? 말하자면 자객이나 다름없다. 세상에서 세 손가락 안에 드는 강한 무공을 지닌 자객!

혈불은 소운이 이미 도망을 쳤다고 생각했다. 그는 혈뇌음사의 수뇌로 위급한 상황이 되면 혈불상을 부수라는 전대 수뇌의 전언을 들었지만 그게 무엇을 의미하는지는 몰랐다. 지금 그게 생각날 정도로 냉정하지도 못했다.

얼마 후, 겨우 냉정을 되찾은 혈불은 눈에서 흐르는 피를 닦으며 그의 주위로 모여든 제자들에게 말했다.

"대범창을 준비하고 기다려라. 지금 그자를 상대할 방법은 그것뿐이다. 혹시라도 그자가 다시 나타나면 즉시 대범창을 시행하여 대항하고, 내가 돌아올 때까지 버텨라."

말이 끝나자마자 혈불은 몸을 날렸다. 어떻게든 소운의 행적을 찾아야 했다. 이번에 찾으면 절대로 놓치지 않으리라! 어떤 계략이나 유혹이 가로막더라도 소운의 목만큼의 가치는 없을 것이다.

그리고 만약 혈불이 급히 쫓지 않으면 소운은 십 년이라도 도망을 가지 않고 혈뇌음사 안에 숨어서 보이는 모든 것을 파괴할 것이다.

“혈뇌음사의 수백 년 전통이 그놈 하나 때문에 깨어지다
니. 내 꼭 그놈의 목으로 조사께 사죄의 제사를 지내리라.”
　혈불은 이를 갈며 결심했다.

第二章
진언상조 (眞言相助)
음과 양, 정과 동, 경과 진은 상대적이다

南斗延壽保命時老君告天師曰
大八會之真文三洞三清之上
稟道元始天尊昔經歷于億蒼劫天地始修
太上說南斗延壽保命

安真經太上說南斗
此經乃九天八
熙衰而人倫五運遷變萬彙並

# 진언상조(眞言相助)

음과 양, 정과 동, 경과 진은 상대적이다.
한 우물만 파면 그것이 말랐을 때 다른 쪽을 팔 때까지
고생하는 법이다

석실 안으로 들어선 소운은 사방에 서 있는 네 개의 혈불상을 볼 수 있었다.

그것은 모두 똑같은 모습을 하고 있었는데, 단지 얼굴 표정만이 달랐다. 각각 희로애락의 표정을 짓고 있는 혈불들은 귀기를 발하고 있었다.

"헛!"

소운은 자신도 모르게 마음이 흐트러지는 것을 느끼고 경호성을 발하며 정신을 가다듬었다. 하지만 그러면서도 혈불상들을 향한 시선을 돌리지는 않았다.

"감정은 곧 혼의 흔들림, 경혼의 근본을 전함과 동시에 혹시라도 모를 외부인을 배척하려는 기세군."

소운은 대번에 석상에 담긴 뜻을 알고 스스로의 마음을 경혼진언의 흐름에 맡겼다.

혈불이 그의 정신을 엿보기 위해 읊었던 진언과 정신을 파고드는 사이 소운에게 가했던 모든 기의 흐름을 소운은 하나도 빼놓지 않고 기억하고 있었다.

'혈불이 알면 통탄할 일이군. 원수에게 직접 비전을 전수해 준 셈이 되었으니.'

과연 생각대로 경혼진언이야말로 해답이었다. 진언의 흐름에 마음을 맡긴 소운은 석상의 시험을 능히 통과했다.

이제 혈불상의 귀기는 어떤 악영향도 끼치지 않았다. 오히려 시간이 지날수록 소운은 석상의 기운의 흐름을 뚜렷이 느낄 수 있었다.

"아, 저것은?"

석상의 기운을 관찰해 보니 흐름들이 만나는 한곳에 시선이 집중되었다. 그러자 아무것도 없던 자리에 하나의 구멍이 나타났다.

"환영인가! 나의 기감으로 미처 알아차릴 수 없는 환영이라니, 혈뇌음사의 조사는 기문진에서도 천하에 짝을 찾아보기 어려운 성취를 이루었구나."

경혼진언을 응용한 기문진은 확실히 위력이 강대했다. 일단 정신이 흔들리면 기감 자체를 조작할 수 있는 것이다. 한 사람이 간신히 통과할 정도 크기의 구멍은 시험을 통과하여 흐름에 동화된 자만이 발견하도록 안배되어 있었다.

소운은 내심 감탄을 하며 그 안으로 내려갔다. 한참을 내려가니 계단이 사라지고 다시 사람 하나가 겨우 빠져나갈 수 있는 둥근 구멍으로 변했다.

어쩔 수 없이 소운은 구멍 속으로 몸을 던졌다. 그리고는 아래로 이어진 구멍을 통해 떨어져 내렸다.

그그그긍.

소운은 자신이 지나온 구멍 뒤쪽에서 기관이 움직이는 소리를 들었다. 기감으로 확인을 해보니 구멍의 모양이 변하여 새로운 통로로 연결되는 것 같았다.

"한 사람만을 허용하고 그 뒤부터는 다른 길로 빠지게 하는 것이군."

후인이 쫓기고 있을 경우를 생각한 안배임에 틀림없다. 소운은 혈뇌음사의 조사가 지극히 마음에 들었다. 이제 혈불이 따라올 걱정은 없다.

어느 순간, 구멍이 확 넓어지며 훤히 트여진 공동이 보였다.

"흠, 정말 세심한 배려라 해야 할까?"

소운은 얼른 경공을 펼쳐 몸을 띄우면서 중얼거렸다.

공동의 아래쪽은 적지 않은 물이 고여 깊은 웅덩이를 형성하고 있었다. 적의 침입으로 내공을 쓸 수 없는 후인이 떨어져 다칠 것을 배려한 것일지도 모른다.

만약 소운의 경공이 육지비행의 경지에 이르지 못해 구명을 미끄러져 내려왔다면 물에 빠졌을 것이다. 그는 허공에 둥둥 뜬 채 사방을 둘러보았다.

천장에는 야명주가 촘촘히 박혀 밤하늘의 별처럼 빛나고 있었다. 이곳은 원래 땅속에 자연스럽게 생긴 공동인데, 혈뇌음사의 조사가 야명주를 박고 일부분을 개조한 것 같았다.

공동의 가운데는 물이고 가장자리는 사람 하나가 걸을 수 있을 정도로 땅이 드러나 있었는데 그것 또한 길처럼 손질이 되어 있었다. 그리고 사방으로 문이 있었다.

아무런 현판도 없는 문, 소운은 섣불리 움직이지 않고 잠시 고민을 했다.

'이곳은 땅속으로 백여 장 정도 들어온 곳이다. 만약 이곳이 붕괴된다면 아무리 나라고 해도 무사하리라고는 볼 수 없다.'

소운은 현판 없는 네 개의 문이 하나의 시험이라고 판단했다. 잘 들어오게 해놓고 갑자기 또다시 죽음의 관문을 만들어놓는 것을 이해할 수는 없지만, 그래도 눈앞에 닥친 문에서 느껴지는 기운은 결코 범상치 않았다.

"네 문 모두 가짜다. 살의가 없는 문은 하나도 없다."

소운은 결론을 내렸다. 소운의 시선이 웅덩이 쪽을 향했다. 처음 생각은 틀린 듯하다. 아마도 웬만한 사람은 웅덩이의 의미를 소운과 같이 생각할 게 틀림없다. 그렇다면?

결론을 내린 소운은 지체없이 물속으로 뛰어들었다. 과연 바닥에 또 하나의 문이 있었다.

'후우, 이걸 어떻게 열라는 거야?'

하나를 풀자 또다시 하나가 앞을 가로막는다. 문을 파괴하면 물이 모두 그 안으로 흘러들어 갈 것이다. 어떻게 해야 할까?

그러나 소운은 곧 해결책을 찾았다.

'결국 문을 열고 닫을 동안 나의 강기로 물을 튕겨내기만 하면 된다.'

소운은 즉시 호신강기를 강화하여 주변 일 장 정도의 물을 모두 튕겨내었다. 그리고는 문 쪽으로 다가가 그것을 열었다.

그그그궁.

문은 말도 못하게 무거웠지만 소운의 힘으로는 오히려 열기 쉬울 정도였다. 오히려 소운은 그가 지탱하고 있는 물의 무게에 인상을 찡그렸다. 만약 소운이 천마경에 이르지 못했다면 버티기 어려웠을 것이다.

"가히 만 근의 압력이로군. 혈뇌음사의 조사는 이 문을 여는 자의 내공을 시험하려 하는 것인가?"

섣불리 움직일 수 있을 정도로 여유가 있지는 않았다. 소운은 조심스럽게 안으로 들어갔다. 그리고는 다시 석문을 닫았다.

쿵 하는 소리와 함께 압력이 사라졌다. 물도 새지 않은 것으로 보아 이것을 만든 자의 능력을 알 만했다.

천장으로 들어와 바닥으로 내려서니 하나의 제단이 있었다. 그 제단 위에는 손이 여덟 개 달린 혈불상이 있었다. 어떻게 보면 관음상이나 약사여래상과도 닮아 있었지만 혈뇌음사의 대웅전 중앙에 놓여 있는 혈불상과 같은 것이라 할 수 있었다.

"음, 저 팔은……."

소운은 혈불상의 자세를 보고 자신도 모르게 신음성을 흘렸다.

인간은 취할 수 없는 자세! 여덟 개의 팔이 달린 혈불상만의 자세이다. 그런데 그게 완벽했다. 단순한 불상이 무적의 기세를 보여주고 있었다. 혈불이나 혈장천마와 대치했을 때의 느낌과 비슷했다.

"움직이지 않는 석상이다. 하지만 저 기세를 무시하고 함부로 움직였다가는 죽는다."

죽음의 위기, 전신의 솜털이 모두 곤두서는 듯하고 본능이 맹렬하게 경고를 보낸다.

화르르륵.

소운의 몸에서 파란 불꽃이 일었다. 호신강기가 저절로 반응하여 일어났다. 소운은 손을 앞으로 내밀어 강기로 검을 만들었다. 그러자 혈불상이 마치 살아 있는 것처럼 스르륵 움직여 소운에게 향했다.

"이것은 진이다. 그리고 기관이다. 하지만 저 혈불상의 자세는 바로 무학이다!"

어떻게 이런 기관이 있을 수 있을까? 소운은 믿을 수가 없었다. 하지만 지금은 어떻게든 눈앞에 대치한 혈불상을 상대해야 한다.

단숨에 모든 힘을 쏟아 부어 부술까?

인간이라면 정신 무예를 사용하여 마음을 흔들어볼 텐데.

빈틈이 없다!

소운은 자신의 의식이 점점 심하게 동요됨을 느꼈다. 그리고 그 사실에 더욱 놀랐다.

혈불상이 오히려 소운의 혼을 흔들고 있었다. 이것이야말로 혈뇌음사의 무공의 근원이라 할 수 있는 경혼진언의 극의가 아닌가?

석실의 입구 쪽에 있었던 네 개의 석상은 서로 힘을 합쳐 하나의 길을 감추었다. 하지만 이건 단 하나로써 완벽했고, 그 의도는 바로 소운의 정신을 흔들어 파괴하는 것이다.

한번 흔들린 의식은 점점 심해져 나중에는 광기에 빠지게 될 것이다. 말하자면 주화입마라 할 수 있다.

하지만 소운에게는 그 기운에 대항할 방법이 있었다.

"만물에 태극이 존재하듯 의식에도 극과 극이 있다."

진혼진언! 소운은 상묘 라마에게 전수받은 부심진혼경을 마음속으로 읊기 시작했다. 그러자 모든 구절이 그의 머릿속에 커다란 종처럼 울려 퍼지며 흔들리는 마음을 바로 잡았다. 그러면서 소운은 한 가지를 알았다.

"힘으로 이겨도 소용이 없다. 이것은 바로 나의 정신력을 시험하는 관문이다."

소운은 손가락 하나도 움직이지 않았다. 그의 몸 주변에 흐르는 기조차도 점점 기세가 약해지더니 고인 물처럼 전혀 파동이 일지 않고 멈추었다.

혈불상은 끊임없이 소운의 의식을 흔들려 했지만 소운은 더 이상 흔들리지 않았다.

어느 순간 혈불상 자체가 점점 떨리는 듯하더니 몸 전체에 균열이 가기 시작했다. 그리고는 순식간에 먼지가 되어 사라져 버렸다.

"참으로 신묘한 기관이다."

그때서야 소운은 부심진혼경을 멈추며 한숨을 내쉬었다. 단 위에는 돌가루만 수북이 쌓여 있었고 조금 전의 기운은 씻은 듯이 사라진 상태였다.

그런데 조금 있자 단 자체가 묘하게 진동을 하기 시작했다. 그리고 그 진동은 하나의 소리가 되어 방 안 전체로 울려 퍼졌다.

"연자를 환영한다."

"우웃, 이것은?"

머릿속으로 직접 전해지는 것과도 같은 소리. 그것은 진언을 전할 때 상묘 라마가 썼던 방법이나 소운이 혈불을 함정에 빠뜨릴 때 땅에 심어놓은 진동음과 비슷했다.

상묘 라마는 소운의 몸에 직접 손을 댄 채 사용했고, 소운은 허공과 땅에 가두어 사용할 수 있었다. 둘의 경지에 차이가 있는 것이다.

그런데 지금 들리는 목소리의 주인은 시간을 격하고 소운에게 말소리를 전하고 있었다. 수백 년 동안이나 물체 속에 진동을 심어둘 수 있다니!

소운은 인간의 무한한 능력에 대해 일종의 감격을 느꼈다.

그러는 사이 공간을 울리는 소리는 계속되었다.

"본좌는 대뇌음사의 징로라 한다. 그러나 이제는 그렇게 부를
수 없을 것이다. 이미 세상에 대뇌음사는 사라졌으니까. 그렇다.
본좌의 손으로 대뇌음사를 없앴다. 그리고 경혼진언을 토대로 육
체술을 발전시켜 혈뇌음사를 만들었다."


"육체술이란 무공을 의미하는군. 이자에게 있어서 정신 무
학이 무공이고, 육체를 쓰는 것은 모두 기술에 불과하구나."
소운은 혈뇌음사의 조사가 정신력으로 육체를 제어하는
법에 익숙하다는 것을 알았다.


"대뇌음사는 한마디로 말해 보물을 쥐고도 썩히는 바보들의 집
단이었다. 정신 무학의 극을 추구하면서도 실전에 사용될 수 있는
육체술을 연구하고 개발하는 데에는 힘을 기울이지 않았다. 이것
은 잘못된 것이다. 대도에서 한참 어긋나 있다고 할 수 있다. 정신
의 힘으로 육체를 제어할 수 있다고는 해도 반대로 정신은 육체의
상태에 따라 바뀌지 않는가? 즉, 육체와 정신은 서로 균형있게 수
련을 해야 한다. 결코 정신 무학이 높은 도이고, 육체술이 천박한
기술은 아닌 것이다."


"그런가, 나 역시 잘못 생각하고 있었는지도 모른다."

"그런데 대뇌음사의 바보들은 육체술을 천시하면서도 최고라는 것에 자만을 했다. 정신 무학을 수련하는 도중 자연스럽게 얻은 작은 육체술을 무적이라고 칭했다. 그리고 그것으로 다른 문파들을 탄압했다."

"……."

"얼마나 부끄러운 일인가? 정신의 깨달음이 열이라면 육체의 수련은 일에 불과한 자들이 그보다 낮은 깨달음을 가진 자들을 비웃고 있다. 그러면서 열이나 되는 정신의 경지를 스스로 하나까지 낮추고 있다. 나는 그들에게 보여주었다. 우리가 가진 정신 무예에 걸맞은 육체술의 경지를! 단순한 기술이 아닌 도에 이르는 육체의 제어를! 진정한 무도를! 그 결과 그들은 단 한 사람도 살아남지 못했다. 피의 바다 속에서 나는 나의 무도로 새로운 터전을 만들었다. 혈뇌음사야말로 정신과 육체가 모두 극한에 이를 수 있는 곳이다."

"후우, 이런 자가 서장에도 있었다니. 혈불이 혈뇌음사의 무공이야말로 천하제일이라 칭할 만하군."
중원에 있는 수많은 문파의 사람들 중 몇 명이나 되는 사람들이 이런 생각을 할 수 있을까? 고절한 정신 무학을 토대로 만들어진 혈뇌음사의 무공은 절학이라고밖에는 말할 수 없다.

소운은 앞서 간 고인의 의지에 감탄을 했다. 그러는 사이에도 말은 계속되고 있었다.

"그러나 나의 무공은 완벽하지 못하다. 한때에는 감히 완벽이란 말을 썼지만, 더 높은 경지로 나아가기 위해서는 치명적인 결함이 있다. 그것은 바로 대뇌음사의 바보들이 추구하던 또 하나의 정신 무학의 극의, 진혼에 의한 힘이다. 경혼의 무학을 극한까지 추구한 이상 이제는 진혼으로 보완을 해야 새로운 세계로 나아갈 수 있는 것이다. 문제는 나의 후인들에게 있다. 그들에게 본좌만큼의 재능을 기대할 수는 없다. 하지만 바른 길로 도를 추구하기를 계속하다 보면 언젠가는 본좌가 이룬 것에서 나아가 진정한 무학의 극의를 얻을지도 모른다. 그래서 나는 제자들에게 꼭 진혼진언의 구결을 찾아서 연구를 하라고 명했다. 경혼을 주로 하여 진언으로 보충하다 보면 언젠가는 두 개의 구별이 사라지고 하나가될 것이다."

"그대의 후인들은 성공하지 못했소."

소운은 차갑게 대답했다. 듣는 사람은 없었지만 말을 하고

나니 가슴이 조금은 후련했다. 혈뇌음사는 아직까지 진혼진
언을 얻지 못했다.

그때 소운의 말에 답이라도 하듯 말소리의 내용이 바뀌었
다.

"하지만 만약 나의 후인들이 부족한 부분을 얻으려 하지 않고
내가 남긴 것만을 탐한다면, 새로운 무학에 대한 열망을 잃은 채
기존의 것을 최고라 생각한다면! 그들은 결국 피의 굴레를 벗어나
지 못하고 오히려 점점 퇴화될 것이다. 과거와는 반대로 육체술이
정신 무학을 갉아먹어 결국 육체술마저 한계 짓게 될 수 있다."

"그런 것인가?"

"본좌는 이곳을 찾는 자에게 세 가지 시험을 했다. 첫 번째는
사면상에 의한 기감의 시험이다. 이걸 통과한 자는 경혼의 깨달음
을 얻었다고 할 수 있다. 두 번째는 물을 이용한 육체의 힘인 내공
의 시험이다. 정신 무학에 기반한 육체술을 얻지 못하면 절대로
감당할 수 없는 압력을 견뎌낸 자만이 통과할 수 있다. 마지막 세
번째는 진혼의 의지이다. 진혼진언을 얻지 못한 자는 결코 통과할
수 없는 시험이다. 본좌의 목소리를 듣고 있는 연자는 틀림없이
모든 것을 얻었다. 단지 그 깨달음의 깊이가 부족할 뿐, 대기는 대

기이나 아직 완성되지 않은 대기이다. 그리고 진혼진언을 얻은 혈뇌음사의 후인이거나 반대로 혈뇌음사를 해하러 온 적일 것이다."

"참으로 옳은 말이오. 그대는 이미 모든 것을 예견했구려!"

혈뇌음사의 조사는 아무래도 천기를 보고 미래를 예측할 수 있는 경지에 오른 것 같다. 소운은 그렇게 생각했다.

사실 혈뇌음사에서는 대대로 최후의 위기가 닥쳤을 때에 이곳에 들라는 전승이 있었다.

그러나 정작 조사의 의도는 현실적인 적의 침입으로 인한 위기 시에 후예를 구하는 것이 아니다. 혈뇌음사가 쉽게 망하지 않으리란 사실은 능히 짐작할 수 있었다.

단지 천상천의 경지를 이룬 혈뇌음사가 스스로 발전할 수 있는가 하는 문제이다. 그게 불가능한 시점에서 이미 혈뇌음사는 위기라 할 수 있었다. 조사가 전한 위기란 처음 혈뇌음사를 창건한 의도가 흔들리는 때, 발전의 한계에 처한 때를 의미했다.

하지만 그의 후손들은 이를 제대로 이해하지 못했다. 만약 징로의 의도가 제대로 전해졌다면 지금 이곳에 있는 것은 소운이 아니라 혈불이었을 것이다. 아니, 이미 오래전 혈불이 이곳에 이르러 조사의 심득을 얻었을지도 모른다.

　　허공을 울리는 말의 흐름이 점점 격해져 갔다. 마치 자신의 의지를 소운에게 강요하는 듯했다. 그와 함께 이번에는 진동하는 제단이 모서리부터 조금씩 부스러져 갔다. 공간에 소리를 만들 정도로 진동을 하니 물질의 내구력이 버티지를 못하는 것이다.

　　"연자는 이제 결정을 내려야 한다. 이미 존재하지 않는 본좌가 그대의 마음을 움직일 수는 없을 것이다. 하지만 그대가 본좌로부터 무엇인가를 얻게 된다면, 그것을 인연으로 한 가지 부탁을 하고 싶다. 만약 그대가 혈뇌음사의 후예라면 구마혈영공 중 본좌가 얻지 못한 마지막 구단계를 완성시켜라. 구단계야말로 경혼과 진혼이 융합되어 새로운 세계로 나아가는 길목, 그것을 얻는 것이 바로 본좌의 목표였다. 하지만 본좌는 경혼의 틀을 완성시키는 것으로 생을 끝냈으니 후예는 진혼의 틀을 만들어 경혼의 틀과 합치는 것이다. 반대로 그대가 혈뇌음사를 치러 온 적이라면, 그대는 꼭 혈뇌음사의 모든 것을 파괴해야 한다. 본좌의 후예가 반쪽의 도에 빠져 평생 이룰 수 없는 길을 가야 하는 것은 너무나도 가혹한 일이다. 새로운 길을 열지 못한 자에게 미래는 있을 수 없다. 그리고 꼭 경혼과 진혼의 오의를 뛰어넘는 새로운 길을 열기를 원한다. 누가 되었든 도의 완성을 이루는 것이야말로 본좌가 원하는 길이기에."

"아아, 이자는 정말로 냉정하다. 후예에 대한 정마저 없구나. 아니, 어쩌면 그의 관점에서 보면 진리를 얻지 못한 자들은 죽이는 것이 정일지도 모른다."

혈뇌음사의 조사는 제정신이 아니다. 적어도 보통 인간과는 전혀 다른 관점으로 세상을 본다. 이것이 밀교의 깨달음인가?

소운은 잘나가다 갑자기 어긋한 내용에 한숨을 내쉬었다. 그러나 곧 목소리에 다시 귀를 기울였다. 지금부터는 집중을 해서 한마디 한마디에 담긴 뜻을 모두 기억해야 했다.

공간을 울리는 것은 바로 혈뇌음사의 조사가 이룩한 무학에 대한 깨달음이었다. 바로 소운이 지금 가장 원하는 그런 궁극의 가르침이라고 할 수 있었다.


"경혼은 바로 피의 흐름과 밀접한 관련이 있다. 마음이 흔들리면 피가 빠르게 흐른다. 경혼진언의 참뜻을 깨달아 전신의 피가 번개처럼 흐르게 할 수 있다면 육체적으로 인간의 한계를 벗어날 수 있다. 그러나 경혼진언은 반쪽에 불과하다. 세상의 모든 물질이 양과 음으로 나뉠 수 있듯, 정신의 움직임 또한 동과 정으로 나뉜다. 동은 바로 경혼이고, 정은 진혼이다. 그렇게 때문에 혈뇌음사의 모든 무공은 완벽하지 못하다. 진혼은 피를 식힌다. 빠름을 느리게 하고, 강함을 완화시킨다. 빠름과 느림을 둘 다 조율할 수 있어야 비로소 구마혈영공의 진정한 힘을 알게 된다."

이어지는 구결들은 사람의 목소리나 언어로 표현할 수 없는 것들이었다. 그것은 때로는 환상으로, 때로는 촉감으로 소운에게 전해져 왔다.

"경혼의 극을 이룬 후 부족한 것을 갈구하는 심정으로 만든 것이 바로 구마혈영공이다. 이것은 일단계부터 팔단계까지 경혼을 추구하다가 팔단계에서 한계를 느끼고, 진혼을 받아들여 완성시키게 되어 있다. 만약 그렇지 않으면 팔단계에서 무리가 가서 수명이 줄어들 것이다. 그리고 구단계는 한쪽으로 통한 자가 다른 한쪽을 상상하며 양쪽의 극이 합쳐짐을 노래한 것이다."

그다음으로 이어진 구마혈영공의 각 단계는 단순한 무공 초식이 아닌 무학의 단계를 대변해 주는 무엇이었다.

소운은 듣는 도중에 자신이 현재 혈영공의 칠단계에 달하는 경지라는 것을 알았다. 아직 팔단계에는 이르지 못한 것이니 혈불에 비해 확실히 모자라긴 모자란 것이다.

"난, 경혼이든 진혼이든 어느 쪽도 극에 이르지 못했다. 천마의 무공으로 따져도 심극검의 변화는 얻었지만 진정한 심극은 얻지 못했다. 어중간하구나."

확실히 고인의 가르침에는 얻을 것이 많다. 소운은 스스로의 모자람과 앞으로 나아갈 길이 점점 뚜렷하게 보인다고 생각했다.

그때 드디어 모든 구결이 끝났다. 어느새 제단마저 완전히 가루가 되어 있었다. 그런데 고운 돌가루가 쌓여 있는 가운데에 무엇인가가 남아 있었다.

"저것은?"

손을 뻗자 격공흡인력에 의해 작은 물체가 소운의 손 안으로 날아들었다.

그것은 작은 혈불상이었다. 그런데 뒷면은 악귀의 상을 하고 있는 것이 아수라상과 닮았다.

양면혈불상은 엄청난 귀기를 뿜어대고 있었는데, 크기는 작아도 귀기의 강함은 조금 전의 큰 혈불상에 결코 뒤지지 않았다.

"음, 어쩌면 이 안에 펼쳐졌던 기문진의 중심이 되는 물건일지도 모르겠군."

소운은 직감적으로 이 혈불상이 혈뇌음사에서도 가장 중요한 보물 중 하나임을 알았다.

그런 진동 속에서도 부서지지 않고 남아 있었다면 만년한철보다 훨씬 강한 재질을 가지고 있다는 것은 말할 필요도 없다.

슥.

소운은 즉시 그 혈불상을 품속에 넣었다. 그 뒤에 소운은 다시 천장에 있는 문을 열고 위로 올라갔다. 이미 얻을 것을 얻어 또 한 번의 발전을 한 그였기에 이곳의 변화를 자연스럽게 느낄 수 있었다.

위쪽 공간에 있던 네 개의 문에서 위험한 기운이 사라져 있었다. 이제는 모든 기관이 해체되고 안전해진 것이다.

네 개의 문 중 세 개는 가짜 문이었다. 말하자면 벽에 붙어 있을 뿐, 애초부터 열리지도 않는 것이다. 남은 하나의 문만이 진짜였는데, 만약 소운이 아래로 가서 마지막 관문을 통과하지 않았다면 이 문을 열었을 때 무슨 일이 일어났을지 알 수 없다. 무사하지는 못했을 것이다.

하지만 지금은 아무렇지도 않게 열렸다.

"이곳으로 나갈 수 있나 보군."

소운은 약간 아쉬운 듯 주변을 둘러보았다. 그래도 서장 최강의 문파를 세운 사람이 만든 곳인데 영약이나 신병이기 정도는 좀 있어도 좋지 않을까? 그런 생각이 소운의 머릿속을 지배했다.

하지만 혈뇌음사의 조사는 이미 인간의 한계를 넘어서 신외지물에는 관심이 없었던 모양이다. 그가 남긴 것은 오직 뜻과 구결뿐이었다.

"없는 건 없는 거지. 쩝."

소운은 마침내 포기를 하고 출구를 향해 걸어나갔다. 그래도 혈불상이라도 하나 건졌으니 이거라도 나중에 잘 연구해 봐야겠다고 속으로 결심하면서.


혈뇌음사의 비동을 벗어난 소운은 북쪽을 향해 달렸다.

일단 소운은 일단 혈불의 추적을 벗어나는 데 전력을 다했다. 그 뒤에는 몽고로 가든 중원으로 가든 얼마든지 마음대로 할 수 있는 것이다.

문제는 혈불이 그를 찾고 있다는 느낌을 지울 수 없다는 것이다.

"지독하군. 그자는 기감을 사방으로 퍼뜨려 수백 리에 달하는 거미줄을 쳤구나."

아마 혈불은 육체의 활동마저 거의 정지시킨 체 전심전력으로 기감을 퍼뜨리고 있음이 분명했다. 만약 소운이 조금이라도 방심하면 바로 위치를 알 수 있도록 민감한 상태를 유지하는 것이다. 이건 상당한 심력을 소모하는 일이다.

혈불은 소운에 대한 분노로 무리를 하고 있었다.

"하려면 좀 더 일찍 하지. 이미 늦은 거야. 암."

소 잃고 외양간 고치는 격이다. 소운은 웃으면서 몸의 기세를 완벽하게 죽였다.

거미의 거미줄을 밟고 지나가도 거미가 알아차리지 못하게 해야 비로소 빠져나갈 수 있다. 그러면서도 경공을 이용해 빠르게 혈뇌음사로부터 멀어져 갔다.

원래 쫓기는 자보다는 추적하는 자가 심리적으로 더 유리하지만 지금은 아니다.

이것 또한 싸움이다. 검과 장으로 싸우는 것은 아니지만, 서로 누가 더 끈기있게 집중하는가의 싸움!

"육체적인 지구력이라면 아직 젊은 내가 유리하다."

소운은 그렇게 중얼거리며 미소를 지었다. 아직은 부족한 정신 무공이 아닌 순수한 내력과 근력, 그리고 끈기를 겨루는 것이라면 혈불과 대등하게 싸울 수 있다. 그는 잡념을 버리고 그저 은밀하게 달리는 데에 전념했다. 쫓기고 있다는 생각마저 버렸다.

하루를 꼬박 경공을 이용해 달렸는데도 혈불의 추적은 끊이지 않았다. 뒤통수가 따끔따끔한 것이 감으로 느낄 수 있었다.

하지만 이런 식으로 달리다 보면 언젠가는 그의 추적으로부터 벗어날 수 있다. 길목을 지키는 자에게 들키지도 않았고 그렇다고 길을 잃고 헤매지도 않는다. 길이 없어도 방향만 보고 하늘을 날아가는 식이기 때문에 시간은 최소한으로 단축이 되었다.

다시 하루를 내리 달리니 어느 순간 소운은 완전히 혈불의 감각 영역에서 벗어났다는 것을 느꼈다.

"지독한 자. 천 리가 넘는 기감 영역이라니. 내공이 아닌 정신과 자연의 감응이로군."

소운은 자리에 털썩 주저앉으며 투덜거렸다.

내력이야 어떻든 육체적으로 피곤함이 쌓인 것은 어쩔 수 없었다. 삼 일 동안 잠을 자지 않은 것은 당연하고 먹지도 마시지도 않았던 것이다.

"그런데 여기가 어디지?"

한숨을 돌린 소운은 주변을 둘러보았다. 혈불이 계속 쫓아왔다면 북극까지라도 달릴 결심을 했던 그였다. 애초에 목표로 한 곳이 있기는 하지만 빠져나갈 때에는 그걸 신경 쓸 겨를이 없었기에 대충 방향만 그쪽으로 잡았다.

원래 소운이 가려던 곳은 바로 상묘 라마가 부탁한 영불전이었다. 그러나 혈불의 영역을 빠져나가는 동안에는 섣불리 다른 사람과 접촉을 할 수도 없기에 정확한 위치를 확인할 수도 없다. 그러다 보니 이곳까지 오게 된 것이다.

허허벌판, 대부분의 땅이 그렇듯 이곳도 역시 아무것도 없는 황야지대였다. 가뭄이라도 들면 바로 사막처럼 변해 버릴 것 같은 지형, 민가는커녕 산이나 숲도 보이지 않고 오직 지평선 끝까지 평야만 이어져 있었다.

"이거야 원, 하루나 이틀로는 사람 얼굴 보기도 힘들겠군."

소운은 혀를 차고는 몸을 일으켰다. 그리고는 기감을 이용해 주변에 물이 있는지를 찾았다.

다행히도 좌측으로 오 리 정도의 지점에 수기가 강하게 느껴졌다. 그것도 흐르고 있는 물이다.

"알고 보니 냇가였군."

물이 흐르는 곳에는 사람이 살게 마련이다. 이곳이 아니라도 물줄기를 따라 가다보면 인적을 발견할 수 있으리라. 소운은 즉시 움직였다.

한번 움직이면 단숨에 수십 리를 날아갈 수 있는 그였기에 시냇가에 오는 데에는 거의 시간이 걸리지 않았다.

비록 흙탕물이긴 해도 분명히 물이 있었다. 소운은 내공으로 물을 움켜잡아 허공에 띄웠다. 그리고 열을 가해 수증기로 만들었다가 위쪽에서 얼리니 흙이 빠진 순수한 물이 되었다. 정확하게는 얼음이지만 소운은 그것을 언제든지 녹일 수 있었다.

"이제 생기만 불어넣으면 되지."

소운은 주변에 있는 나무 하나를 깎아 긴 통을 만들고는 얼음을 녹여 그 안에 흘려 넣었다. 즉석에서 물통이 하나 만들어진 셈이다.

그 뒤에는 그가 지니고 있는 약초가루를 섞는 것으로 물에 생기를 넣었다. 증류시킨 물은 죽은 물이라 그냥 먹으면 별로 좋지 못하다는 것을 소운은 알고 있었다. 차 대신에 약초를 넣어 약수를 만든 것이다.

그렇게 물을 확보한 소운은 다시 식량을 만들었다. 식량이라고 해야 근처의 약초나 버섯 같은 거였지만 소운은 그 풀 쪼가리 하나하나를 정성껏 씹어 먹었다.

"초근목피야말로 제대로 먹으면 어떤 보약보다 좋지."

먹지 않고 버티려면 충분히 버틸 수 있지만, 먹는 즐거움을 포기할 마음은 없었다.

"이래서야 난 우화등선 따위는 절대로 못할 거야. 하하하."

확실히 배를 채우니 마음의 여유가 더욱 넓어진다. 소운은 아직 자신의 정신이 육체의 영향에서 벗어나지 못함을 알았다.

"대기의 기운을 느끼고, 그것을 자유롭게 이용할 수 있게 되었지만 여전이 혼과 백은 육신에 매여 있다. 몸이 곧 우주이지만, 우주가 몸이 될 수는 없는가?"

황야 한가운데에서 심오한 소리를 해봐야 듣는 사람도 없다. 소운은 물의 흐름을 따라 걸음을 옮기기 시작했다. 이제는 날아갈 생각을 하지 않고 그냥 걸었다.

한참을 걷다 보니 드디어 사람의 발자국이 나왔다. 그리고 다시 두 시진쯤을 걸었을 때, 그는 마을을 발견할 수 있었다.

"마을 한번 특이하군!"

소운이 대번에 그렇게 말할 정도로 마을의 모습은 정말 이상했다. 마을은 평지 한가운데가 움푹 패어 있는 형태의 지형에 위치하고 있었다. 소운이 따라온 시내는 그 분지 안으로 흘러들어 가 중앙에 작은 호수를 이루고 있었고, 호수 주변으로 몇 개의 굴이 보였다.

사람이 사는 것으로 보이는 집은 모두 그 굴의 주변에 있었다.

이런 형태의 마을이면 외부에서는 이곳이 있는지 거의 알 수 없을 것이다. 누가 평야 한가운데에 분지가 있고, 그 안에 마을이 있다고 생각하겠는가?

거기다 마을 주변에는 길도 나 있지 않았다. 소운의 안목으로 사람의 흔적을 찾을 수 있었을 뿐, 보통 여행자들이라면 바로 옆을 지나도 모를 정도이다.

"고요하군."

소운은 사람들의 기척이 수백에 달함에도 불구하고 무척 조용히 움직이고 있다는 것을 느꼈다. 대낮인데 밖으로 나와 있는 사람은 거의 없었다.

"재미있는데? 아무래도 내가 제대로 찾아온 것 같군."

소운은 집 안에 있는 사람들의 기운을 느끼며 입가에 미소를 띠었다.

이 분지에서 생활하는 사람들은 무공을 익힌 자들이 대부분이었다. 그리고 심장의 박동이 이상할 정도로 느렸다. 호흡 또한 그에 따라 범인의 다섯 배나 긴 것이 특이한 수련을 한 것 같았다.

소운이 생각하기에 이것은 진혼진언의 수련을 한 자의 특성이었다. 몸의 신진대사를 최대한 느리게 해서 자연의 기운과 동화하고 수명을 늘리는 효능이 그 안에 있다.

소운은 기를 집중하여 자신의 감각에 잡히는 사람들 중 가장 심장 박동이 느린 사람을 찾으려 했다. 무공의 고하를 떠나서 수행을 오래한 사람과 대화를 하고 싶었다.

그런데 마을 아래쪽에서 두 명의 사람이 나와 소운이 있는 쪽으로 걸어왔다. 저쪽에서도 소운을 느낀 모양이다.

의외였다. 지금 소운은 기로 몸을 감싸 모든 기척을 차단한 상태. 보통 사람이라면 소운이 바로 옆에 서 있어도 알지 못할 것이다. 그들이 마을 안에서 소운을 느꼈다면 그것은 그들의 감각이 소운에 필적한다는 것을 의미한다.

"확실히 이들 역시 나름대로의 공부가 있는 모양이군."

소운은 내심 감탄하며 조용히 사람들을 기다렸다.

한참이 지나자 두 명의 청년이 소운이 있는 곳까지 왔다. 그들은 정말로 천천히 걸었는데 그냥 걷는 것이 아니라 바람에 등을 밀려 반쯤 떠서 움직이는 듯했다. 육체적 소모를 최대한도로 줄이고, 주변의 기운을 이용하는 것이다.

"귀인의 방문을 환영합니다."

청년들의 인사에 소운도 정중하게 답했다.

"도인의 수행을 방해하게 되었습니다."

"별말씀을."

두 청년은 인사를 나누자마자 손을 한번 펴서 안쪽을 가리킨 다음 몸을 돌려 돌아가기 시작했다. 따라오라는 말도 없었다. 어차피 따라올 테니 말을 할 필요도 없다는 투였다.

소운은 묵묵히 그들을 따라갔다. 강남에 가면 강남의 법에 따르라는 말처럼 이들의 관습이 모든 쓸데없는 말과 행동을 줄이는 것이라면 소운은 그걸 거부하지 않기로 했다.

분지 한가운데는 위에서도 보이지 않는 작은 구멍이 있었는데, 그 구멍 속에 마을의 장로가 살고 있었다. 그리고 소운의 느낌으로는 장로가 사는 곳 밑으로 지하로 구조물이 있는 것 같았다. 땅에서 전달되는 기운이 그걸 가르쳐 주었다.

'마치 개미굴과도 같은 구조로군. 어쩌면 이 마을은 지하의 구조물을 보호하기 위해 만들어진 것일지도 모른다.'

장로의 눈을 보며 소운은 그렇게 생각을 했다. 감정의 기복이 거의 느껴지지 않는 눈이었지만 깊은 곳에서 우러나오는 경계심을 숨길 수는 없었다.

뿐만 아니라 소운이 마을 안으로 들어온 순간 모든 사람의 감각이 소운에게로 집중되었다. 그것은 하나의 의식을 가진 거대한 곤충 집단의 소굴에 들어온 것과도 비슷한 느낌이었다. 놀랍게도 이들의 의식이 서로 소통하여 같이 움직이는 것이다.

"방문객께서는 이곳에 무슨 일로 오셨소? 길을 잃고 우연히 오신 것은 아닌 것 같소."

장로가 물었다.

소운은 잠시 입을 다물고 그대로 서 있었다. 장로가 이미 소운을 어떤 의도가 있는 방문이라고 의심한 이상 쓸데없는 변명이나 설명을 해도 소용이 없다. 믿음을 줄 수 없는 것이다.

말할 필요가 없는 것은 안 하는 게 좋다. 그것이 소운이 느낀 이곳의 법칙이다.

과연 장로는 고개를 끄덕이며 다시 물었다.

"그대는 적이오? 아니면 친구요?"

소운은 계속 그대로 서 있었다. 이것 역시 대답할 필요가 없다. 적이었다면 벌써 손을 썼을 것이다. 왜냐하면 소운은 이곳에 있는 사람 모두를 합한 것보다 강하니까.

그러자 뒤쪽에 서 있던 두 명의 청년이 오히려 조급함을 참지 못하고 살짝 기세를 끌어올렸다. 소운이 장로를 무시한다고 여긴 것이리라.

장로는 한숨을 내쉬며 손을 저었다.

"손님께 무례를 범하지 말아라. 너희들은 아직 수양이 부족하구나. 방문객께서는 저와 함께 식사를 하시지요."

일단 친구로 여기기로 했다는 뜻이다. 소운은 장로가 권하는 대로 식탁에 앉았다. 제대로 된 요리와 차를 마시고 싶었기에 거절할 마음이 없었다.

그 뒤로 대화는 없었다. 살벌할 정도로 소음 하나 없는 식사였다. 그저 검은 천으로 얼굴을 가린 여자들이 날라다 주는 식사를 하고 특이한 차를 마셨을 뿐이다.

소운은 식사를 하면서 이들에게 점점 호감을 느꼈다. 이들이 내온 음식은 하나같이 정성이 깃들어 있었다. 음식을 만들 때 먹는 사람이 이것을 먹고 즐거움을 얻기를 간절히 원하면 그 염원이 음식에 깃들게 된다.

지금의 소운은 그것을 느낄 수 있는 경지였기에 이곳 사람들이 아직 정체를 알 수 없는 소운에게도 성의를 다한다는 것을 알았다.

"잘 먹었습니다."

식사를 끝내면서 소운은 짧게 한 마디의 사의를 표했다. 장로는 그 말에 화답이라도 하듯 주름이 가득한 얼굴에 미소를 지으며 입을 열었다.

"그대는 참으로 신기한 사람이오. 우리의 이상한 점을 단숨에 알아차렸을 뿐만 아니라 바로 그것에 따라 자연스럽게 행동을 할 수 있다는 것은 놀랄 만한 일이오. 그런데 그걸 넘어서 자신의 말에 감정을 실어 다른 사람에게 전할 수 있으니 그대의 수행은 하늘에 닿아 있다고 보여지는구려."

노골적인 칭찬이다. 그러나 소운은 우쭐거리거나 쑥스러워하지 않았다. 그냥 자리에서 일어나 정중하게 포권을 한 채 말했다.

"소운이라고 합니다."

이름을 댄다는 것은 인연을 맺는다는 뜻. 그냥 식사만 한 끼 얻어먹고 떠나지는 않겠다는 의미이다. 특별한 이유가 있어 이곳을 찾았으니 이제 그걸 해결하자는 제의이기도 했다.

"상유라 하오."

과연! 상묘 라마가 말하기를 영불전의 전주는 대대로 법명에 상자를 넣는다고 했다. 소운은 다시 물었다.

"몇 대의 상법사이십니까?"

상유 라마의 눈이 살짝 빛났다.

"부족하지만 사십칠대의 직을 맡고 있소이다."

상묘 라마가 사십오대니까 그사이 이대가 지난 셈이다. 소운은 잠시 눈을 감고 감각 영역을 확장시켰다. 그러자 장로를 비롯해 주변의 사람들이 움찔움찔 놀라는 것이 느껴졌다. 그들은 자신이 탐색당하고 있다는 것을 아는 듯했다.

'훌륭하군. 적어도 이들은 자신들이 이어온 것을 끊임없이 연구하고 수행했을 것이다.'

소운은 이들이 자격이 있다고 생각했다. 부족한 자에게 넘치는 것을 주면 오히려 일신을 망치게 되지만 자격이 있는 자는 새로운 것을 토대로 크나큰 도를 얻을 수 있다.

상묘 라마의 깨달음은 그의 염원대로 이곳에서 꽃을 피울 수 있을 것이다.

소운은 생각을 정리하고는 눈을 떴다.

"제가 이곳에 온 이유는 사십오대 상법사의 부탁을 받았기 때문입니다."

상유 라마의 눈썹이 살짝 흔들렸다. 모든 것을 자제하는 이곳의 수행에서 최고의 경지에 이른 그로서는 이는 극히 놀란 표정이었다.

"상묘 라마께서 아직 살아 계시오? 우리는 그분께서 육십 년도 더 전에 혈불에게 제거당한 것으로 알고 있었소."

"감금되어 있다가 얼마 전에 돌아가셨습니다. 혈불은 상묘 라마의 진언을 얻고 싶어했지요."

"……."

"이제 부탁받은 것을 전하겠습니다."

소운은 거두절미하고 바로 본론으로 들어갔다. 이곳에서

말의 낭비는 죄악이다. 진혼은 무로 돌아가는 행위. 그것을 행하다 보면 결국 모든 것이 가라앉아 버린다.

사람을 해치기에는 참으로 어려운 정신 무학이지만 감각을 확대하고 주변의 기운을 움직이는 데에는 뛰어난 효과가 있다. 하지만 그것을 위해서는 그 자신이 말 한마디 하는 것부터 손가락 하나 까닥하는 것도 아끼는 수행을 해야 하는 것이다.

소운은 상유 라마의 대답을 듣지도 않고 들고 있던 찻잔을 탁자 위에 내려놓았다. 그러자 탁 하는 소리와 함께 탁자가 떨리기 시작했다.

드드드드드.

탁자가 떨리자 곧 바닥이 떨렸다. 그리고 상유 라마가 앉아 있는 의자도 떨렸다.

뒤에 서 있는 자들이나 차를 나른 여인은 단순한 진동으로밖에 받아들이지 못했지만 상유 라마는 의자를 통해 모이는 떨림이 무엇인지를 알 수 있었다.

'역시 자격이 있군.'

상태를 확인한 소운은 입을 열어 낮은 화음으로 구결을 외우기 시작했다.

상대가 듣고 이해를 하는지 못하는지를 생각할 필요가 없다. 지금 그가 상대에게 시전하는 것은 심어전의 수법으로 마음속에 구결을 새겨 넣는 것이기 때문에 잊고 싶어도 잊을 수 없다.

상유 라마는 가만히 앉아 소운이 전하는 것을 받아들였다.

그렇게 깨달음의 전달이 반 시진 정도나 이어졌다. 진동은 점점 강해졌고, 탁자의 모서리는 힘을 이기지 못하고 이미 가루가 되었다. 바닥이나 벽 역시 미세한 금이 가득 나 있는 것이 누군가 살짝 치기만 해도 금방 무너져 내릴 것 같았다.

마침내 소운은 모든 것을 전하고 탁자에서 손을 떼었다. 그러자 모든 것이 정지했다.

"물을 가져다가 바닥과 벽에 뿌리시오."

소운은 그렇게 말하고 자리에서 일어나 밖으로 나갔다. 이제 약속한 것은 모두 지켰으니 천마신교로 돌아가야 할 때라고 생각했다.

그때 상유 라마가 감았던 눈을 뜨며 말했다.

"제자가 한 명 있소이다. 상천이라고 하오."

"불가하오."

소운은 상대의 말을 더 들어보지도 않고 고개를 저으며 강하게 거절의 뜻을 밝혔다. 상유 라마가 원하는 것이 무엇인지를 바로 알 수 있었기 때문이다.

용건을 말하기도 전에 거절한 소운보다 더한 건 오히려 상유 라마였다. 그는 불쾌한 기색도 없이 여전히 자신의 할 말을 계속했다.

"그를 데리고 가시오."

"이미 대답을 했소."

"지금의 가르침으로는 혈뇌음사를 무너뜨릴 수 없소. 그러니 상천을 데리고 가시오."

"……."

소운은 대답을 하지 않았다. 상유 라마가 소운의 마음을 엿보았고, 소운은 그것을 부인하지 못했다.

'무공의 수준은 초절정에도 미치지 못하는데 정신 무공은 이미 천마경을 넘보고 있다. 어째서 혈뇌음사의 조사가 대뇌음사를 부수었는지 이해할 수 있겠군.'

소운이 보기에 이곳 영불전이 아직까지 남아 있는 것은 혈뇌음사의 조사가 눈을 감았기 때문이다. 아마도 혈뇌음사의 조사는 후인들에게 이곳과 융합하기를 원했는지도 모른다.

어쨌든 상유 라마는 소운에게 부탁을 하고 있었다. 그것도 문파의 미래를 건 부탁이다.

정신 무공의 수련이 이 정도라면 어떤 육체술도 하찮게 보일 터. 그런데 그들의 눈앞에 소운이 나타났다. 그들은 본능적으로 느꼈다. 소운이야말로 그들이 갈구하던 하찮지 않은 육체술을 지닌 자이다.

혈불의 무력에 대항할 수 있는 육체술!

뻔뻔스럽게도 상유 라마는 자신의 제자에게 그것을 전수
해 줄 것을 원하고 있는 것이다. 그래야 혈뇌음사를 무너뜨릴
수 있다고 소운에게 말없이 주장했다.

소운이 그냥 걸어나가자 장로는 대기하던 두 청년에게 손
짓을 했다. 무언은 곧 승낙이라고 그들은 받아들였다. 만약
거부를 하려 했다면 이미 소운은 이곳에 없을 것이다. 그가
달리기 시작하면 아무도 쫓아오지 못한다.

소운이 마을 밖으로 나갈 무렵에는 상천이 뒤를 따르고 있
었다. 그는 약관이 넘지 않은 건장한 청년이었는데, 이곳 영
불전에서 그처럼 심장이 활발하게 뛰는 사람은 아무도 없는
듯했다.

상천은 환한 웃음을 지으며 손을 들어 한쪽 방향을 가리켰
다.

"이쪽으로 일주일쯤 가면 중원으로 돌아갈 수 있는 마을이
나옵니다."

"상천이라고 했나? 너는 왜 수련을 하지 않았지?"

장로의 직전제자이고 법명에 상자가 있으니 영불전의 후
계자임에 틀림없다. 그런데 진혼진언의 수련을 전혀 한 흔적
이 없으니 신기했다.

상천은 손으로 머리를 긁으면서 말했다.

"수련은 했습니다. 원래 제가 좀 특이한 체질이라서 수련

을 하지 않았다면 벌써 심장이 터져 죽었을 거랍니다.”

그가 대답할 때 이미 소운은 그의 몸을 유심히 살피고 있었다. 그리고 해답을 찾아냈다.

“그렇군. 양혈체맥를 타고난 것이군.”

“그렇지요. 천하에 양혈체맥을 치료할 수 있는 방법은 바로 진혼진언을 수련하는 것뿐이니 저는 그야말로 천우신조인 셈이죠. 하하하.”

유창한 중언이다. 감정 표현도 전혀 어색하지 않았다. 생김새로 보아 원래 상천은 중원인이거나 중원의 피가 섞였다는 것을 알았다.

양혈체맥은 남들보다 피가 두세 배나 많은 체질을 말한다. 보통 성장을 하면서 피의 양이 점점 늘어나 나중에는 심장이 그 부담을 견디지 못하고 터져 버리는데 그게 이십을 넘기지 못한다고 한다.

극히 드문 체질로 완치가 불가능한 괴체질 중 하나인데 상천이 그걸 타고난 것이다.

그런데 진혼진언은 심장을 약하게 뛰게 하고 피의 흐름조차 느리게 하니 양혈체맥에는 특효인 셈이다. 그리고 소운이 지금 느끼는 상천의 심장 박동은 원래 양혈체맥의 십분의 일 정도의 속도이다.

소운은 고개를 끄덕였다.

"그렇군. 확실히 양혈체맥에는 효과가 있겠어."

원래 활선문에서는 양혈체맥의 사람을 치료하게 되면 끊임없이 몸의 피를 뽑아내는 방법을 썼다. 그런데 그 방법으로는 완치가 불가능하고 단지 사십 정도까지 수명을 연장시킬 수 있을 뿐이다. 그것만으로도 대단한 것이지만 진혼진언이라면 평생 양혈체맥을 다스리는 것이 가능했다.

"그렇다면 상천 네가 영불전에 들게 된 것은 커다란 인연이구나."

"그런 것입니다. 그러니 어떻게든 소운 형님을 따라가서 무공을 배워야 하는 거지요."

어느새 형님이라고 부른다. 이놈은 넉살이 좋다.

"수행승답지 않은 성격이군."

"수행은 마을 안에서만 하게 되어 있습니다. 이제부터는 형님께서 명하신 대로 무공 수행을 해야 하니 당분간은 라마도 접고 환속을 할 생각입니다."

"그렇게 마음대로 환속을 했다가 다시 라마가 될 수 있는 것인가?"

"환속을 허락할 수 있는 권한과 영불전으로 받아들이는 권한이 현재에는 사부님께 있고, 장래에는 저에게 돌아옵니다. 그러니까 당분간 강호에서 놀다가 제가 저 자신을 다시 영불전 안으로 들이면 되는 거지요."

"영불전이 너 때문에 타락하겠구나."

"사부님께서 그걸 원하고 계신 겁니다. 하하하."

소운은 씁쓸한 미소를 지었다. 상묘 라마의 뜻을 전할 때 아무래도 그 자신의 생각이 같이 전해진 모양이다.

진혼진언은 경혼진언과 함께 존재할 때에 진정한 가치를 가진다. 상유 라마는 그런 경지를 상천이 이루길 기대하는 것이다.

"알았다. 하지만 난 가르칠 생각이 없으니 네가 알아서 배워라."

"눈으로 보다 보면 얻는 것도 있겠죠. 사부님께서 아직 정정하시니 삼십 년 정도는 부담없이 놀아도 될 것 같습니다."

"삼십 년이라… 지독하군."

소운은 도를 얻기 전에는 돌아가지 않겠다는 상천의 의지를 알았다. 그는 천천히 고개를 끄덕이며 길이 없는 황야를 걸어 나아갔다.

서장을 벗어날 무렵, 상천은 정식으로 소운의 의동생이 될 수 있었다. 그리고 그는 천외신무회의 명예서장지부장이라는 직함도 얻었다.

第四章

**무혼천마(超魂天魔)**

역사상 가장 강하다고 평가받던 자

南斗延壽保命時老君告天師曰
天八會之真文三洞三清之上
稟道元始天尊昔經歷于億萬劫天地始終
太上說南斗延壽保命

安真經太上說南斗
此經乃九天八
熙哀而人倫五運遷變萬稟道

# 무혼천마(超魂天魔)

역사상 가장 강하다고 평가받던 자.
진짜였군

드디어 천마신교가 짓고 있는 무황성의 완공이 한 달 앞으로 다가왔다. 모든 건물은 완벽하게 조화를 이루며 지어졌고, 이제는 내부적인 시설의 공사를 하고 있는 중이다. 한편으로는 중원의 무인들을 초청해 성대한 개성대전을 치르기 위한 준비가 이루어지고 있었다.

그래서인지 장로들은 요즘 상당히 기분이 좋은 듯했다. 그도 그럴 것이 혈장천마의 위세 덕분에 중원무림의 공격도 없고, 또 새로운 천마후보인 소운과 공손설이 버티고 있다.

아무리 중원에 기인이사가 많다고 해도 초절정에 달한 고수가 몇 명씩이나 숨어 있을 리는 없다. 이제 무황성은 하늘을 지고 우뚝 서서 천마신교의 위엄을 중원 천하에 알릴 것이다.

그러나 정작 그들을 지휘하는 공손설은 나날이 근심이 커져 갔다.


"무황성의 개성일까지 내가 돌아오지 않으면 사매가 성주 대리로서 무황성을 움직이도록 해. 사매가 바로 무황성의 후계자가 되는 거야."


소운이 떠나기 전에 남긴 말이 공손설의 가슴을 무겁게 했다. 설마 했지만 정말로 소운은 아직 돌아오지 않았다.

"사형은 언제나 오실까?"

공손설은 아무도 답하지 않는 질문을 허공에 했다. 아무리 그녀가 소운의 무사함을 믿으려 해도 이번 일이 얼마나 위험한 일인지는 익히 알고 있다.

의식 세계 속에 스스로를 가두고 수련을 하다니? 그것도 스스로의 육체를 혈불에게 넘기면서.

당시에는 소운의 기백에 감화되었지만 시간이 흐를수록 이성적인 계산이 머리를 가득 채웠다. 이건 살 가능성이 거의 없는 무모한 계획인 것이다.

하지만 공손설은 믿어야 했다. 그렇지 않으면 버틸 수가 없었다.

"일단 내가 제전을 주도하는 걸로 하자."

공손설은 일단 마음의 정리를 했다. 그러나 아직 중요한 문제가 남아 있었다.

"문제는 사부의 행세를 누가 하느냐인데……."

혈장천마의 행세를 할 수 있는 자는 아무도 없다. 누가 감히 천마의 위엄에 근접할 수 있으랴? 이것이 바로 현재 공손설이 고민하는 일 중 두 번째였다.

"어쩔 수 없이 사부님께서는 모습을 드러내지 않는 걸로 처리를 해야 하나?"

성의 개전일에 주인이 모습을 드러내지 않는 것은 참으로 이상한 일이다. 그러나 이미 죽은 사람을 내보낼 수는 없다. 가짜도 변변치 못하니 어떻게든 주인없는 행사를 치러야 한다.

"그래, 내가 모든 것을 감당하면 된다. 그날 사부님을 대신해서 중원무림인의 도전을 받자. 몇 명이 되든, 누가 도전하든 모두 이기고 사부님이 나설 필요도 없다고 사람들에게 말하자."

공손설은 그녀의 붉은 입술을 살짝 깨물며 중얼거렸다. 그녀가 생각할 수 있는 최고의 방법은 바로 이것이었다.

성주의 자리에 도전을 허용하면서 제자인 공손설이 혈장천마를 대신해서 싸우는 것이다. 중원의 무인들은 치욕을 느낄 것이다. 하지만 혈장천마는커녕 그의 여제자에게 패배를 하게 되면 감히 혈장천마를 볼 생각도 못할 터. 그러면 모든 것이 순조롭게 넘어갈 수 있다.

한 번 결심을 하면 뒤를 돌아보지 않는 것이 바로 공손설의 성격이다. 그녀는 즉시 밖에 대기하고 있는 십무영들을 불렀다. 과거 청운전병대의 오조였던 열 명의 젊은 무인. 그들은 지난 시간을 헛되이 보내지 않고 상당한 수준의 무공을 쌓았다. 이제는 당당하게 십장로인 공손설의 호위무사로서 항상 그녀의 주변에 머물렀다.

공손설은 십무영 중 일무영 추일에게 말했다.

"수석장로에게 전해라. 예정대로 개막전 준비를 해달라고."

"복명."

일무영 추일은 대답을 하자마자 몸을 날려 문밖으로 나갔다. 아직 절정이라고는 할 수 없어도 바람과도 같은 움직임이었다.

공손설은 살짝 고개를 끄덕여 추일의 무공을 긍정적으로 평가하고는 하늘의 구름을 보았다.

"이제부터는 폐관이다. 남은 일은 수석장로에게 맡기자."

공손설은 천천히 걸음을 옮겨 무공 수련관으로 향했다.

*        *        *

소운은 서장을 벗어난 후, 중원이 아닌 신강으로 향했다. 상천은 소운의 밀명을 받고 천외신무회로 갔기에 그는 혼자였다.

"가장 중요한 것은 내가 천마신교의 진전을 얻는 것이다."

소운의 의도는 명확했다. 천마의 수련관인 천마관, 그곳에서 소운은 무엇인가를 찾아야 했다. 진정으로 천마의 경지에 들기 위해서 얻어야 하는 것. 그것은 전대 천마들의 깨달음이다.

과거에는 경지에 들지 못했기에 그것을 발견할 수 없었다. 하지만 이제는 있다면 꼭 찾을 수 있다!

"인연자고 뭐고 수준이 안 되면 아예 볼 수도 느낄 수도 없는 형태일 테니까 말이야."

소운은 눈앞에 보이는 천마신교의 총단을 둘러보며 중얼거렸다. 아주 오랜만에 돌아오니 그리움이 가슴 한구석에서 살짝 일어났다. 마치 이곳이 고향처럼 느껴지기도 했다.

소운은 일단 몸의 기척을 감추었다. 아직 그는 자신의 귀환을 사람들에게 알리고 싶지 않았다. 천마신교는 용담호혈이

무혼천마(武魂天魔) 119

라 숨어서 들어갈 수 없는 장소라 할 수 있지만 그것은 천마경에 도달하지 못한 사람에게나 해당되는 말이다.

소운은 이미 바람의 틈새를 타고 움직일 수 있고, 기를 발하지 않고도 하늘을 날 수 있다. 더군다나 안의 경비배치와 기관들도 모두 알고 있다. 이미 작정한 소운의 은밀한 행보를 눈치 챈 이는 아무도 없었다.

얼마 후, 소운은 천마관에 들 수 있었다. 공손설이 출관한 이후 아무도 들지 못했던 곳이다. 입관이 불가능하도록 수호기관이 활성화되어 있는데, 이게 발동된 흔적은 없었다.

"그럼 이제 찾아볼까."

소운은 천마관 안의 방을 하나하나 뒤지기 시작했다. 단순히 눈으로 보는 것만이 아니라 기감을 이용해 사방의 벽과 그 내부까지 살폈다.

그렇게 살피다가 드디어 천마신교에서 중요한 무공들이 적혀 있는 방에 들어왔다. 천마의 무공은 아니더라도 오래전부터 내려온 천마신교의 근간이 되는 무공들이었다. 그러나 지금 소운은 그 무공이 아닌 새로운 것을 이 방 안에서 찾을 수 있었다.

사람이 눈으로 보는 것은 한 면뿐이다. 그렇기 때문에 인식 자체도 면으로 하게 된다. 그게 입체로 보이는 것은 머리에서 그렇게 재구성을 하기 때문인데, 사실은 원근감에 의한 재구성이지 정확한 입체 인식은 아닌 것이다.

그러나 소운은 초절정의 경지에 든 이후, 입체적인 기감을 지니고 있었다. 말하자면 벽의 사면과 천장, 그리고 바닥을 동시에 볼 수 있는 것이다. 다른 초절정의 경지에 이른 사람은 이 정도까지 기감이 강하지 않다. 입체적인 기감을 완벽하게 가지려면 천마의 경지에 거의 도달한 사람이어야 한다. 즉, 천마경의 벽에 부딪친 사람이 찾을 수 있는 무엇인가가 이곳에 있었다.

그것이 바로 천마관의 비밀이었다.

"육면행인가?"

천장에 박힌 야명주의 배치와 바닥의 문양, 그리고 사방의 구결들은 모두 하나였다. 그것이 뜻하는 것은 바로 기관을 움직이는 방법. 천마관의 교주가 직접 움직이는 천마붕쇄관의 조작법이었는데, 이것이 보통의 조작법과는 전혀 달랐다.

소운은 주저없이 천마붕쇄관으로 갔다. 그리고 천마관의 최후 기관이라고도 할 수 있는 붕쇄의 기관을 조작했다.

원래 이 기관을 발동시키면 천마관의 입구가 닫히고 이곳 이외의 모든 곳에 설치되어 있는 살인 함정이 발동하게 되어 있다. 그리고 마지막 파천붕멸관을 움직이면 천마관 전체가 파괴된다. 하지만 이번에 발견한 조작법으로 움직이니 전혀 다른 현상이 일어났다.

구구구구궁.

무거운 돌이 움직이는 소리와 함께 소운이 있는 방이 서서히 아래로 가라앉기 시작했다. 기관실 전체를 움직일 수 있는 기관이라니!

"과연 이 정도면 혈뇌음사의 기관진학에 뒤떨어진다 할 수 없겠군!"

소운은 마치 누군가가 들으라는 듯 중얼거렸다. 사실 혈뇌음사의 기관진학을 본 후 천마신교가 기관진학은 좀 뒤떨어졌나 보다고 생각해 왔던 것이 사실이다. 하지만, 지금 보니 꼭 그렇지만도 않다. 사실 소운 자신도 천마신교가 기관진학에서도 이렇게 뛰어난 기술을 보유하고 있는 줄 지금 처음 알았다.

"지하 호수 밑으로 내려가는 것인가."

천마신교의 터전 아래에는 지하 호수가 있다. 천마관에는 그곳으로 나가는 비밀 통로가 있는데 지금 소운이 있는 방이 아래로 내려가는 느낌을 보니 그 지하 호수의 바닥으로 내려가는 것 같았다.

쿵.

한참을 움직인 후였다. 어딘가에 부딪치는 소리와 함께 석실의 움직임이 멎었다. 바닥에 닿은 듯한 느낌이었다.

소운은 잠시 기다렸다가 더 이상 기관이 움직이는 기색이 없자 조용히 사방으로 기를 퍼뜨렸다.

"이곳이군."

바닥의 돌판 중 하나를 들어 올리자 과연 그 아래는 구멍이 나 있었다. 소운은 주저없이 밑으로 뛰어내렸다.

아래쪽 석실은 천마관에 속한 곳이 아니었다. 그걸 증명이라도 하듯 한쪽 벽에 천마밀전이라고 쓰여 있는 현판이 걸려 있었다. 그리고 현판 밑에는 하나의 문장이 쓰여 있었다.

이곳에 후인의 운명을 결정짓는 데 도움이 되는 세 가지 안배를 해놓는다. 후인이 진정으로 추구하는 것을 취하라. 하지만 후인은 삼십 년에 한 번, 한 번에 한 개의 문만을 열 수 있다.

아무래도 초대 천마가 이것을 남긴 것 같았다.

소운은 시선을 돌려 정면에 있는 문들을 보았다. 과연 그곳에는 각각 글자가 쓰여 있었다.

중앙의 문은 패도의 문이었다. 강한 것을 숭상하고, 더 강해지기를 원하는 자는 들라는 말이 핏빛으로 적혀 있었다.

왼쪽의 문은 지배의 문. 사람들 위에 서고, 마침내 살아 있는 신이 되고 싶은 자가 열라고 쓰여 있었다.

오른쪽 문은 놀랍게도 은거의 문이었다. 세상만사가 귀찮고 그냥 혼자 마음 편히 잘 살고 싶은 사람을 위한 것이 이곳에 있다고 한다.

소운은 일단 진지하게 생각을 했다.

"과거의 천마들도 이곳에 왔을 거고, 그들은 대부분 패도의 문을 택했겠지? 그렇다면 나도 패도의 문에 들어야 하나? 아니지, 잠깐. 삼십 년에 한 번 열 수 있다고 했는데 그렇다면 전대 천마들 중에는 이중 두 개를 연 사람도 있다는 뜻이 되잖아."

천마가 되고 나서 삼십 년 안에 죽으란 법은 없다. 어쩌면 육십 년도 살았는지도 모른다. 만약 소운 자신이 그렇게 살게 된다면 다시 이곳에 들어와 초대 천마의 남은 안배를 알고 싶어할 것이다.

"문제는 정말 저 문들이 현판의 말대로 해야 되는가 하는 점인데……."

소운은 왠지 모르게 꺼림칙한 느낌이 들어 섣불리 하나의 문을 선택하지 못했다. 하지만 초대 천마가 후인들에게 해를 끼치리라고는 생각지 않았다. 만약 그랬다면 천마관에 들어 갔다가 나오지 않고 행방불명된 교주도 있어야 한다.

"에라, 모르겠다. 그냥 여기는 나에게 가장 필요한 것을 솔직담백하게 택하는 게 좋겠다."

순수해지기로 마음을 먹은 소운은 제자리에 털썩 주저앉아 나는 무엇을 원하는가를 생각했다.

확실히 마음이 끌리는 것은 패도였다. 무공을 익히기 시작한 이후 조금이라도 강해지기 위해서 무슨 짓이든 했다. 죽을 위험도 많이 겪었지만 쉬지 않고 강해질 수 있었다. 하지만 지금도 혈불을 꺾을 수는 없다. 그래서 일부러 이곳까지 오게 된 게 아닌가?

소운은 천천히 자리에서 일어나 패도의 문을 향해 나아갔다. 그러나 곧 걸음을 멈추고 다시 생각했다.

"내가 원했던 게 진정으로 강해지는 것 그 자체인가? 나는 패도인가?"

천마신교가 원하는 패도는 바로 신앙이다. 강함을 위해 모든 것을 희생한다. 패를 추구한다는 것은 패가 수단이 아닌 목적이라는 뜻이다. 그런 면에서 소운은 아니었다. 소운이 원한 것은 다른 것이었다. 천마신교에 대한 복수, 그리고 활선문에 있는 지인들의 안전과 번영. 무엇보다 자기 자신의 행복이었다. 강함은 어디까지나 수단일 뿐이다.

"그렇기 때문에 난 천마신교가 아니다."

소운은 스스로에게 다짐하듯 말하고 좌우의 두 문을 보았다. 지배의 문을 보며 소운은 다시 고개를 저었다.

"사람들 위에 선다는 것은 좋은 일이지. 살아 있는 신이라… 언젠가 한 번쯤은 해보고 싶기도 하다."

소운은 피식하고 웃었다.

솔직히 천마신교에 납치를 당하기 전이라면 지배를 원했을지도 모른다. 그때에는 활선문의 문주로서 문파를 어떻게 잘 운영해 나갈까에 대해 매일같이 고민하고는 했으니까.

그러나 지금 그가 진심으로 원하는 것은 바로 무사히 천마신교의 이목을 속이고 세상에서 자취를 감추는 것이다. 그것을 위해 지난 몇 년간 움직여 왔고, 그것을 위해 강해지려 했다. 때로는 강함 자체의 매력에 끌려 목숨을 걸기도 했지만, 그 이면에는 목숨을 걸고 끝까지 살아남아 원래의 목적을 이루려 하는 마음이 있었다.

"그런 내가 이런 경지에 오른 것은 정말 세상이 나를 도왔기 때문이지. 어쩌면 저주였는지도 모르지만 말이야."

소운은 새삼 자신의 운명이 기이함을 느끼고 씁쓸하게 웃었다. 그리고는 더 이상 망설이지 않고 오른쪽에 있는 은거의 문으로 들어섰다.

일단 문 안으로 들어서서 보자 아무것도 없는 빈 석실이었다. 그러나 문이 닫히자 다시 기관이 움직이며 석실이 아래로 가라앉기 시작했다. 속도는 매우 느렸지만 석실은 쉬지 않고 움직였다.

"땅속으로?"

지하 호수의 바닥에 건물을 세우는 것도 신기에 달한 기관 건축학이라 할 수 있다. 그런데 초대 천마는 아예 땅을 파고

지하에 무엇인가를 만들어놓았다. 무엇보다 이게 어떻게 움직일 수 있는지조차 소운은 알 수 없었다. 그저 감탄만 할 뿐이다.

한참을 내려가자 석실이 점점 더워지기 시작했다. 그냥 더운 정도가 아니라 종이가 있다면 그냥 불이 붙어버릴 정도로 뜨거운 기운이 사방에서 느껴졌다. 한서가 불침하는 소운으로서는 별것 아니지만 왠지 모르게 기분이 나빴다. 아무래도 용암 속으로 들어가는 듯했다.

"여기서 석실이 파괴되면 나는 살 수 있을까? 혹시 은거를 할 바에는 죽으라는 것은 아니겠지?"

반은 농담이지만 진짜 그런 느낌이 들기도 했다. 용암 속으로 들어가는 기묘한 체험은 결코 상쾌한 것은 아니었다.

조금 있으니 석실이 점점 검게 변했다. 이제 석실 안은 사람이 살 수 없는 공간이 되었다. 공기 자체가 뜨거워져 한 모금만 들이마셔도 속이 익어버릴 것 같았다.

소운은 호신강기를 발하며 몸을 허공으로 띄웠다. 그리고 일체의 호흡을 중지하여 외부와 자신을 격리시켰다. 이런 식으로 얼마나 있을 수 있는지 시험을 안 해본 소운이었지만 적어도 의식이 있는 동안에는 충분히 버틸 수 있었다.

그렇게 한참을 버티자 겨우 열기가 식기 시작했다. 어느새 석실의 움직임도 멎어 있었다.

기관이 움직이는 소리와 함께 석실의 문이 다시 열렸다. 유황 냄새가 코를 찔렀다. 소운의 짐작대로 석실은 용암의 한가운데를 지나쳐 온 것 같았다.

"실력이 안 되는 자는 들어오다가 통구이가 되겠군."

말은 그렇게 했지만 이 기관진학의 조작법을 알아볼 정도의 인물이라면 충분히 감당할 정도이니 큰 문제는 없다. 오히려 만물을 녹이는 열기를 가진 용암을 통과한 석실이 더 대단할지도 모른다.

통로를 따라 안으로 들어가니 다시 은거의 관이라는 현판이 보였다. 그리고 그 주변으로는 몇 개의 수정들이 박혀 있었다. 형형색색으로 빛나는 수정은 야명주처럼 통로를 밝히는 역할을 했다. 그런데 문 앞에는 하나의 투명한 끈이 묶여 있었다. 문을 열면 그 끈이 끊어지도록 되어 있는 모양이다.

소운은 문에 쓰여 있는 글에서 그 끈이 어떤 의도로 존재하는 것인지를 알 수 있었다.

이 문은 단 한 번만 열리는 문이다. 진심으로 무림을 떠나고자 하는 자가 아니면 후인을 위해 돌아가라.

소운은 망설였다. 문의 글귀로 보건대 역대 천마 중에 이곳에 들어간 자는 없는 듯했다. 어쩌면 정말로 이 안으로 들어

가면 무림과의 인연이 끊어질지도 모른다는 생각이 들었다.

이런 곳을 만들 수 있는 사람이라면 하늘을 무너뜨리는 것도 가능하지 않을까? 소운은 말도 안 되는 생각이 들자 피식 웃으며 문을 열고 안으로 들어갔다.

우우우우웅.

안으로 들어가자마자 공간 전체가 크게 울리기 시작했다.

"웃, 이것은?"

소운은 진동의 정체를 바로 알 수 있었다. 바로 바로 진언의 전수를 위한 혈뇌음사의 조사의 안배와 거의 같은 것이다. 소운은 즉시 그 진동을 몸 안으로 받아들였다.

석실 안은 통로에서 본 수정들로 가득 차 있었다. 그 수정들이 일제히 소리를 내며 진동하고 있었다.

뿐만 아니라 수정들은 저마다 빛을 발했다가는 꺼지는 일을 반복했다. 그로 인해 허공중에는 빛의 장막이 쳐진 것과 같은 현상이 나타났다. 마치 극지방에 나타난다는 극광현상처럼 보였다. 그 빛의 무리들 역시 소운에게 무엇인가를 전하고자 하고 있었다.

그러나 그것들이 소운에게 호의를 가진 것만은 아니었다.

'살기다!'

소운은 수정이 발하는 빛으로부터 살기를 느꼈다. 빛이 사람을 해하려 하고 있었다. 그때 진동이 소운의 머릿속에 하나의 뜻을 전했다.

"무인이 무림을 떠나는 때에는 바로 죽음을 의미한다. 살아서
은거를 할 수 있는 자격은 오직 죽어도 죽을 수 없는 경지에 이른
자만의 것이다!"

"이런 젠장, 설마가 사람 잡는다더니, 역시 초대 천마도 제
정신은 아니었잖아!"
역사에 이름을 남기는 절대강자는 왜 이리 범인과는 다른 상
식을 가지는 것일까? 소운은 욕설을 퍼부으며 몸을 움직였다.
빛의 무리는 기본적으로 세 가지 색으로 되어 있었다.
노란빛은 사람의 의식을 현혹시켜 자신도 모르게 움직임
을 멈추게 했다.
녹색의 빛은 시야를 흐리고 감각을 둔화시킨다. 한번 빠져
들면 바로 실명을 하고 다시 귀가 멀어버릴 듯했다.
가장 위험한 것은 붉은빛이었는데 이건 마치 강기와도 같
은 느낌이 들었다. 어떻게 이런 일이 가능한지는 몰라도 수십
개의 검강이 검진을 형성하여 소운을 갈기갈기 찢으려 했다.
소운은 쉬지 않고 빛을 피하며 외쳤다.
"이런 것으로는 나를 해할 수 없다!"
피하는 것만으로는 사태의 해결이 안 된다. 소운은 심검을

만들어 수정을 베었다.

파캉.

수정이 소운의 심검에 버틸 수 있을 리는 없다. 붉은 수정 하나가 소리를 내며 터졌다. 그러나 그것으로 인해 사태는 더욱 심각해졌다.

붉은 수정의 파편이 사방으로 비산하며 빛의 움직임을 더욱 현란하게 했다. 파편 자체도 무서운 살상력을 지니고 있었다. 이미 절반쯤은 천마경에 달한 소운이라고 해도 방심할 수는 없었다.

그러나 무엇보다도 무서운 함정은 바로 수정이 깨지는 소리였다. 그것은 기존의 진동음에 반응하여 인간이 견딜 수 없는 불협화음을 만들어냈다. 천마경에 달하는 음공이 있다면 바로 이런 것일 터이다.

"크윽."

소운은 수정의 파열음에 가슴이 답답해짐을 느꼈다. 약간의 내상을 입은 것이다. 그러나 소운은 이를 악물고 다시 다른 수정을 베었다.

키키킹.

한번에 세 개의 수정이 부서지자 음공의 위력은 몇 배나 커졌다. 결국 소운은 몸에 큰 충격을 받고 비틀거렸다. 입가에 한줄기 피가 흘러나왔다. 그 바람에 몇 개의 빛이 소운의 몸에 닿았다. 그것은 소운이 몸에 친 호신강기가 흔들릴 정도의 압력을 가했다.

그걸로 끝나지 않았다. 일단 수정이 터지며 사방에 퍼뜨린 음파가 다른 수정도 때렸다. 곧 수정들은 스스로 소리를 내며 연속해서 깨어지기 시작했다.

파캉, 파파파파팡.

"크으으윽!"

완벽한 죽음의 함정이 있다면 바로 이런 것이다. 초대 천마는 그야말로 천마경에 이른 자를 죽일 수 있는 함정을 판 것이다.

소운은 수정이 터질 때마다 몸 안의 내력이 급격히 소모되는 것을 느꼈다. 내외의 충격을 막기 위해 저절로 강화된 호신강기가 충격을 받을 때마다 흔들리며 내력을 소모하는 것이다. 바닷물과도 같이 많은 내력이 어느새 고갈되어 가고 있었다.

그렇다고 해서 주변의 기운을 끌어다 쓸 수도 없었다. 석실 안의 모든 기운은 소운을 공격하고 있었다.

피해야 한다. 땅속으로 파고들든, 들어온 곳의 벽을 부수고 나가든 해야 한다. 그러나 소운은 그렇게 할 수 없음을 알 수 있었다. 이곳은 용암지대의 한가운데에 만들어진 곳이다. 조금이라도 잘못하면 이곳 전체가 붕괴되어 용암 속에 파묻힐

가능성이 높다. 적어도 초대 천마라면 충분히 그런 안배를 할 수 있다.

소운은 용암 안으로 들어올 때부터 느낀 불안감이 무엇인지를 지금에야 확실히 깨달았다. 지하 호수의 밑바닥이라면 어떻게든 살아서 빠져나갈 수 있었다. 하지만 용암은? 아무리 소운이라고 해도 그는 아직 인간이다. 불가능했다.

파파팡.

수정이 터지는 소리가 점점 커졌다. 수정은 처음에는 작은 것부터 깨어지기 시작해서 점점 큰 것이 터지고 있었다. 그만큼 음공의 파괴력도 강했다.

이제 소운의 주변에는 작은 수정파편이 수북이 쌓여 있었다. 호신강기에 튕겨 나간 파편이 바닥에 떨어진 것이다. 소운의 눈이 그 조각들에 닿았다.

"이 조각들이 이제는 나를 공격하지 않는구나."

소운은 미소를 지었다. 그리고는 기를 이용해 수정 조각들을 움직였다.

파파파팍.

바닥에 떨어진 수정 조각들이 튀어 올라 소운의 몸에 붙기 시작했다. 그리고 허공에서 날아드는 수정 조각도 소운의 몸에 박힌 듯이 붙었다. 곧 소운의 몸은 수정 조각으로 뒤덮여 버렸다. 그리고 그것들은 새로 수정이 깨질 때마다 더욱 잘게 부서져 마치 가루처럼 변했다.

"훨씬 낫군."

소운은 이 죽음의 함정 중에 유일한 생로가 바로 깨어진 파편 조각이라는 것을 알았다. 파편 조각은 빛을 분산시키고 음공도 약화시켰다. 모든 것을 막아내는 갑옷과도 같았다. 소리가 커지는 만큼 수정 파편의 갑옷 또한 두터워졌다. 나중에는 거의 둥근 공처럼 변했다.

캉.

마지막으로 천장 중앙에 박혀 있던 가장 큰 수정이 깨어졌다. 그러면서 모든 진동이 감쪽같이 사라졌다. 이제는 빈 석실에 오직 소운이 만든 둥근 수정 가루 덩어리만이 남았다.

그때서야 소운은 자신의 내상을 치유할 수 있는 여유를 얻었다. 혹시 모를 사태에 대비해 몸 주변의 수정 가루는 그대로 유지를 했다. 그런데 그때 어디선가 신묘한 음률이 들려왔다. 거문과의 연주와도 같은 소리였는데, 자세히 들어보면 거문고는 아니었다.

소운은 그쪽으로 기감을 퍼뜨려 소리의 근원을 살폈다. 벽의 한군데에 작은 구멍이 뚫려 있고, 그 안에는 이상한 끈이 매여 있었다. 구멍 속으로 묘한 기운이 흘러들어 오며 끈을 튕기듯 울렸다.

다시 소운은 음률에 귀를 기울였다. 그 속에 실린 힘이 범상치 않았다.

"마음이 가라앉고 내상이 치유된다. 소리에 이런 힘을 실을 수 있다니?"

초대 천마가 음공의 달인이라는 소리는 듣지 못했다. 그런데 지금 보니 초대 천마는 음에 대해서도 극한의 깨달음을 얻은 듯했다.

음률은 소운을 위로하고 달래고 있었다. 이제 죽음의 함정은 끝났으니 마음을 놓고 경계를 풀라는 듯했다. 하지만 소운은 그 소리를 듣고도 몸을 감싸고 있는 수정 가루를 풀지 않았다. 오히려 수정 가루의 일부를 움직여 그 구멍을 막아버렸다. 음률은 더 이상 들리지 않게 되었다.

이제는 절대적인 정적이 소운을 감쌌다. 소운은 외부의 자극이 전혀 없다는 것을 면밀하게 살펴 확신하고는 비로소 수정 가루로부터 벗어났다.

그러면서 바닥에 수북이 쌓인 가루를 보며 한숨을 내쉬었다.

"빛의 장막과 소리의 검, 수정 가루의 갑옷인가. 초대 천마는 나에게 강기를 넘어선 새로운 경지의 무엇인가를 보여주었다. 이래서는 내가 아무리 강기를 마음대로 조종할 수 있다고 해도 초대 천마를 넘어설 수는 없을 것이다."

지금까지 소운이 생각한 최고의 경지는 바로 혈불의 강기를 흩어버리면서도 자신은 마음대로 강기를 사용할 수 있는 것이었다. 그러나 만약 이런 식으로 빛과 소리마저 마음대로 다룰 수 있다면 소운이 생각한 경지는 그야말로 어린애의 장난과도 같은 것이 된다. 이것은 이미 인간의 경지를 벗어나 있다고 할 수 있다.

"무공으로 신이 된다. 초대 천마는 정말로 그랬는지도 모른다."

전설로 전해지는 우화등선이 실제로 가능하다면, 인간이 신선이 된다면 초대 천마가 그럴 것이다.

소운은 진정한 무공의 한계에 일종의 경외감을 느꼈다. 그러면서도 한편으로는 혈불이 불쌍하게 생각되었다. 혈불이 지금 강하긴 하나 혈뇌음사의 조사만은 못하다. 깨달음의 차이가 있는 것이다. 그런데 초대 천마는 어떤가? 어쩌면 역사상 가장 강한 고금의 절대고수는 바로 초대 천마가 아닐까?

"하지만 이미 죽은 자가 멀쩡하게 살아 있는 날 죽이려 하다니, 용서할 수 없다."

소운은 이를 갈았다. 자기가 아무리 고수라고 해도 기껏 찾아온 후인을 함정으로 죽이려 하다니? 소운은 초대 천마가 절대로 선한 사람이 아닐 것이라 생각했다. 하기야 그가 선한 사람이었다면 세상에 천마신교는 나타나지 않았을 것이다.

소운은 마음속에 분노를 품고 다음 방으로 들어섰다. 그곳에는 한 명의 중년 남자가 앉아 있었다. 하지만 생기는 전혀 없었다. 소운은 그 사람의 얼굴을 본 일이 있었다. 천마전에는 지금도 그의 초상화가 걸려 있다. 그가 바로 초대 천마인 무혼천마였다.

"이곳에 유체가 있었다니."

천마신교의 역대 교주들이 죽으면 묻히는 납골당에는 아무나 함부로 들어갈 수 없다. 교주가 죽었을 때 원로원주와 신임 교주만이 들어가게 된다. 그런데 초대 천마의 유체는 그곳에 없는 모양이다. 바로 이곳에 있으니까.

소운은 잠시 어떻게 할까 고민을 했다. 사방을 살펴봤는데 아무것도 없었다. 이곳에 들어올 때에는 무엇인가를 얻을 희망을 가지고 왔는데, 죽을 고생만 하고 결국 아무것도 얻지 못하게 되었다.

"후, 역시 패도를 택할 것을 그랬나?"

패도의 방으로 들어갔다면 무엇인가를 얻었을 터이다. 진정한 천마무공의 깨달음은 그곳에 있음이 틀림없다. 할 수만 있다면 되돌리고 싶었다. 그러나 이미 늦었다.

앞으로 삼십 년간은 그곳에 들어갈 수 없을 것이다. 괜히 스스로에게 솔직해지자고 은거를 택했는데, 이것이야말로 평생 가장 뼈아픈 실수로 기억될 듯했다.

"인연이 없는 것은 어쩔 수 없다. 적어도 나는 또 한 번의 목숨을 건 싸움을 한 것이고, 새로운 경지도 보았다."

소운은 미련을 버리기로 하고 몸을 돌렸다. 아무것도 없으니 이제는 나가는 길을 찾아야 했다.

그런데 그때, 소운은 무엇인가를 느꼈다. 그는 몸을 돌려 무혼천마의 몸을 보았다.

"혹시 내가 무엇인가를 빠뜨린 것인가?"

잠시 생각을 하던 소운은 손을 슬쩍 휘둘러 아까 막았던 벽의 구멍에서 수정 가루를 빼어냈다. 그러자 다시 일정한 속도로 거문고와 비슷한 음률이 흐르기 시작했다.

띠리링, 띵.

소리는 곧 힘이다. 잔잔한 음률에 무혼천마가 앉아 있는 석실의 벽의 색이 서서히 변하기 시작했다. 그리고 곧 사방의 벽에서 검은 글씨가 나타났다. 그런데 그 글자라는 것이 음율에 따라 한 글자씩 나타났다가 다음 글자가 나타나면 사라지고 있었다. 다행히 지금까지 막혀 있었던 구멍이 뚫리면서 음은 처음부터 시작되었고, 글자 역시 앞부분부터 제대로 나타났다.

그 첫 구절에는 바로 이렇게 적혀 있었다.

이 글을 끝까지 읽는 자는 죽음을 피할 수 없을 것이다. 죽음을 두려워하는 자는 즉시 구멍을 막아 소리를 지워라.

"이런 죽일! 지금 와서 또 뭐냐? 좋아, 어떤 함정이라도 버
텨주마!"

소운은 구멍을 막지 않고 글자를 계속해서 읽어갔다.


죽음을 두려워하지 않는 자는 계속해서 이 글을 읽을 것이다.
하지만 그대가 원하는 것이 무엇이든 이 글로부터 얻기는 힘들
다. 이것은 그저 본좌가 살아오면서 겪은 과거의 넋두리일 뿐이
다. 아무에게도 말하지 않은 본좌의 일생. 하지만 본좌는 본좌
의 과거를 남이 알기를 원하지 않는다. 누군가에게 이야기를 하
고 싶기도 하지만 알기를 바라지도 않았다. 그렇기에 이것을 듣
는 자는 살아서 이곳을 나갈 수 없다. 광검취음진보다 더한 죽음
의 함정이 그대를 감쌀 것이다. 본좌가 안배할 수 있는 최고의
살진인 초혼마진이 바로 그것이다. 그대는 스스로 죽는다는 것
을 느끼지도 못하고 혼이 파괴되어 버리게 된다.


"……협박을 꽤 그럴듯하게 하는군."

광검취음진이라면 방금 전에 겪은 함정일 것이다. 그보다
더한 함정이라면 정말로 죽을지 살지 장담할 수 없었다. 소운
은 구멍을 막아야 하나 심각하게 고민했다.

무혼천마가 지독한 자라는 것은 지금까지의 일로 능히 짐

작할 수 있다. 반쯤 미친 듯한, 보통 사람으로서는 이해할 수 없는 정신 구조를 지니고 있는 듯했다.

하지만 소운은 그의 심정을 이해할 것 같기도 했다. 죽어서도 과거를 밝히지 못하는 자. 비밀을 간직한 자. 그걸 남에게 밝히고 싶은 것은 어쩌면 사람의 본능일지도 모른다.

소운은 한숨을 쉬며 중얼거렸다.

"일단 읽고 나서 생각하자."

초혼마진이 얼마나 대단한 것인지는 모른다. 어쩌면 죽을지도 모르지만, 견딜 수만 있다면 광검취음진처럼 새로운 경지를 엿볼 수 있을 것이다. 소운은 마음을 굳혔다.

그러는 사이에도 글자는 계속해서 나타났다 사라졌다.


본좌의 이름은 정진명. 중원무림이 정파 출신이다.


"정파?"


본좌에게 처음 무공을 가르쳐 준 사부는 소림의 광곤노사와 개방의 진천신개인데, 그분들은 본좌에게 협의를 행하고 무림정도의 기치를 세우라 하셨다. 악을 용서하지 않고 혹도가 아무리 비겁한 수를 써도 모두 물리치라고 하셨다. 그분들은 본좌를 강하게 만들어주셨다. 누구에게도 패하지 않을 정도로, 상대가 다수라고 해도 이길 수 있도록 단련시켜 주셨다.

그러나 막상 무공을 익히고 무림에 출두한 본좌는 그것이 불가능한 일임을 깨달았다. 왜냐하면 이미 천하는 정도천하였기 때문이다. 두 분 사부께서 은거를 하고 속세로 나오지 않은 지 거의 오십 년이 지나 세상이 어떻게 바뀌었는지를 전혀 알지 못했던 것이다.

본좌가 없어도 세상의 악인들은 모두 백도의 협사들에 의해 사냥당하듯 제거되고 있었다. 세상에 사파의 무인들은 모두 자취를 감췄고, 정의와 협이란 깃발 아래 모인 정파만이 존재하는 듯했다.

이제는 정파 무인들이 협을 행하려 해도 악인이 보이지 않을 정도였다. 그래서인지 모르겠지만 정파 무인들이 악을 지켜보는 시선은 점점 삼엄해졌다. 한번 기운 세력판도를 각 명분대파의 수장들은 놓치지 않고 그대로 완벽하게 사파의 씨를 말리고 있었다.

본좌는 이러한 상황에 불만이 없었다. 승려와 거지를 스승으로 두었기 때문인지 본좌는 무공을 수련하면서 세상에 명성을 떨치려는 생각을 하지 않았다. 그저 자신이 점점 강해지는 것과 이 무공으로 세상에 협을 행할 수 있다는 것에 기쁨을 얻었다. 그런데 세상에 협이 가득 차 있으니 이제는 그냥 산속에 들어박혀서 무공 수련이나 계속 해야겠다고 생각하게 되었다.

그러나 본좌 역시 세상을 잘못 보고 있었다. 세상에는 여전히 악이 존재했다. 그리고 그것은 전혀 예상치 못했던 곳에 웅크리고 있었다. 바로 정파무림의 총본산이라는 무림맹! 삼 년간 중원무림을 떠돌아다니면서 본좌는 당금 세상에서 가장 나쁜 놈은 바로 그들이라는 결론을 얻었다.

처음 하얀색은 검은색을 증오했다. 그리고 마침내 세상에서 검은색을 없애는 데 성공했다. 그런데 그다음 하얀색은 짙은 회색을 검은색이라 말했다. 짙은 회색이 아무리 자신은 검지 않다고 말해도 소용이 없었다. 그다음에는 조금 더 옅은 회색마저 검다고 말했다. 하얗지 않은 것은 모두 검다고 말했다.

미친놈들. 하얀 것들은 이미 누구보다도 검었다. 단지 그들이 그걸 부정하고 있을 뿐이다.

결국 세상에 선과 악, 백과 흑의 구분은 없었다. 협의 따위는 일부 인간이 스스로의 양심에 사로잡힌 감정의 발호일 뿐이다. 하얀 것이 스스로 하얗다고 말할 수 있는 것은 바로 그들이 힘을 지니고 있기 때문이다.

세상은 온통 검었다.

그러나! 그렇다면 본좌가 무공을 익히는 동안 줄곧 꿈꿔왔던 것은 무엇인가? 두 분 사부님께서 본좌에게 하신 말씀은 무엇인가? 그분들의 말씀 속에는 분명 협의가 있었다. 흑과 백, 그리고 선과 악이 존재했다.

다시 삼 년간 방황을 했다. 솔직히 모든 것을 파괴하고 싶었다. 그러나 아직 그들은 완전히 썩지 않았다. 점점 썩어가고 있을 뿐이다.

본좌가 부패의 중심인 무림맹을 부순다면 아직 썩지 않은 것들이 본좌를 악으로 여기게 된다. 세상은 혼란에 빠진다. 그리고 종국에는 흑이 다시 부활할 것이다. 아마 그때쯤 본좌는 흑도의 조종이 되어 있겠지. 그것은 있을 수 없는 일이다. 적어도 본좌는 스스로 받아들일 수 있는 무엇인가가 되어야 했다.

그러면서 본좌는 한 가지 진실을 얻었다. 백이 양이고 흑이 음이라고 할 때 당금 천하는 흑이 거의 사라진 상태다. 그러자 백 전체가 흑으로 변하고 있다. 그 이유는 무엇인가? 바로 세상에 두 가지 힘밖에 없기 때문이다.

일찍이 제갈공명이 말하기를 세 세력이 존재하여 약한 두 곳이 힘을 합쳐 가장 강한 한곳을 견제하면 어느 쪽도 망하지 않는다고 했다. 그렇다면 백과 흑의 사이에 무엇인가가 존재해야 한다. 그리고 그것은 백도 흑도 아닌 새로운 것이어야 한다.

패(覇)!

그것은 바로 패이다. 무조건 강한 자가 위에 선다. 얼핏 보면 흑도와 다르지 않은 것처럼 보인다. 하지만 진정한 강함의 매력을 아는 자는 오히려 스스로에게 엄격해진다. 구도자와 같은 마음으로 오직 강함을 추구한다.

강함이 곧 신앙이다. 진정으로 강한 자는 신으로 군림하고, 약한 자는 복종을 한다. 그러면서 모든 사람들은 스스로 강해지기 위해 노력한다.

신강에 있는 한 종교 집단이 본좌의 눈에 들었다. 그들은 본좌를 받아들였다고 생각하나 본좌가 그들을 선택했다. 그리고 수십 년의 시간을 들여 천 년 동안 사라지지 않을 힘의 근원을 세웠다. 그러면서 그들의 의식조차 바꿨다. 진정한 강함이 무엇보다 중요하다는 것을 신앙으로 교육시켰다.

천마신교! 과거는 불의 마신을 숭배하는 곳이었지만 이제는 스스로 불의 마신이 될 수 있다고 믿는 곳이다.

이들이야말로 중원의 무인들에게는 흑보다 더 검은 진묵일 터. 이것으로 세상의 백은 백으로 존재하고, 협은 협이라 불릴 것이다. 만약 그것이 흔들리는 혼란의 시기가 온다면 불의 마신이 정화의 불길로 혼란을 바로 잡을 것이다.

하지만 불의 마신은 결코 중원을 영원히 손에 넣을 수 없다. 중원의 사상은 패와는 거리가 멀다. 패를 추구하는 한, 그리고 이들이 신강에 마음의 뿌리를 두는 한 천마신교의 패는 영원한 지배자는 될 수 없다.


"틀렸소. 그대의 의도는 당시에는 통했는지 몰라도 지금은 잘못된 것이오."

소운은 분노한 기색으로 말했다. 그가 보기에 무혼천마는 너무나도 큰 실망에 무엇인가 어긋난 생각을 한 것이 틀림없었다.

당금 천하를 보았을 때, 천마신교는 결코 순수한 패의 집단이 아니다. 표면상으로 그들은 중원을 점령하여 자신들의 패를 증명하고 싶어한다.

하지만 그 이면에는 중원에서 얻을 수 있는 영화에 대한 욕심이 숨어 있다. 그들은 중원이 혼란에 빠지든 아니든 자신들이 강할 때에 중원을 침략했다. 오히려 천마신교에 의해 중원 천하는 몇 번이나 혼란에 빠졌다.

무혼천마는 외적을 만들었다. 중원의 외적이다. 애초에 무혼천마가 노린 것과 같은 기능은 그런 혼란에 비해 십분의 일의 효력도 미치지 못했다.

무혼천마의 잘못된 생각이 천 년간 무림의 혼란을 가져온 것이다.

그때였다. 좌정해 있던 무혼천마의 시신이 고개를 돌려 소운을 보았다. 소운은 놀라서 전신의 기운을 일으켜 몸을 보호하고 공간을 장악하려 했다. 그러나 무혼천마의 몸에서도 소운과 같이 공간을 장악하는 기운이 흘러나왔다. 생각해 보니 이야기는 이미 끝났다.

초혼마진! 소운은 이제 그것이 무엇을 의미하는지 알 수 있었다. 무혼천마는 스스로의 몸을 강시화시켜서 잠들어 있었던 것이다. 그리고 이 음률은 바로 강시가 된 무혼천마를 깨우는 의식이었다.

크아아아아!

마침내 몸을 일으킨 무혼천마가 입을 벌려 소리를 질렀다. 그것은 영혼을 뒤흔드는 울림이었다. 정신력이 약한 자는 듣기만 해도 절명할 정도의 충격. 소운은 즉시 의식은 안정시키며 손에 강기의 검을 만들어 무혼천마의 몸을 베었다.

"선수필승!"

팍.

강시가 제대로 움직이기 전에 끝을 보려던 의도는 좋았다. 그런데 강기의 검이 무혼천마의 몸에 닿자 그대로 사라져 버렸다.

"아, 이것은 강기의 무효화!"

무혼천마의 몸에서 흘러나오는 검은 기운이 소운의 강기를 모두 흩어버리고 있었다. 그것은 바로 소운이 생각하고 추구하던 이상적인 형태의 강기공이었다. 상대의 강기를 모두 무시하고 오로지 자기의 강기만을 존재하게 하는 무공이었다.

"으으으, 이것이 바로 묵혈신마공의 오의였단 말인가!"

대성이란 없다고 여겨지던 묵혈신마공. 그런데 정작 창시

자인 무혼천마는 그걸 극한까지 익혀 새로운 경지를 보여주
고 있었다.

원래 묵혈신마공의 가장 큰 특성이자 장점은 몸 안의 다른
불순한 기운도 모두 태워서 순수한 묵혈신마공으로 바꾼다는
점이다. 그런데 당해보니 그 안에는 다른 사람의 강기까지 태
워 버리는 힘이 숨어 있었던 모양이다.

다시 말해 묵혈신마공은 단순한 내공 심법이 아닌 그야말
로 최강의 천마지무였던 것이다. 그토록 원하던 경지가 바로
가장 처음 익힌 묵혈신마공 안에 있을 줄이야! 소운은 지금에
서야 그걸 깨달았다.

좌좌좌좌.

생각을 하는 사이에 무혼천마의 손가락으로부터 다섯 줄
기의 묵혈신마강이 창처럼 날아들었다. 강기는 강기로밖에
막을 수 없다. 그런데 저 묵혈신마강은 강기로도 막을 수 없
다.

소운은 급히 몸을 날려 피했다. 그런데 강기의 창이 살아
있는 뱀처럼 방향을 바꾸어 소운을 쫓았다. 아무리 빨리 움직
여도 사람의 육체는 강기의 움직임보다 빠를 수 없다.

"차앗!"

소운은 각오의 기합을 지르며 정신을 집중했다. 그리고 날
아드는 다섯 줄기의 강기를 향해 정면으로 돌진했다.

파파파팍.

소운의 몸에서 순간적으로 뿜어지는 기운이 강기의 기운을 밀어내 튕겼다. 그러나 완벽하게 튕기지는 못했는지 소운의 팔에 한줄기 피가 튀었다. 소운은 강기로 그 상처를 막았다.

"일단은 되는군."

그나마 다행이다. 소운은 자신의 강기로 상대의 강기를 어느 정도 움직일 수 있다는 것을 알았다. 목숨을 걸고 시험해서 얻은 소득이었다.

그의 강기 역시 상대의 강기를 무효화시킬 수 있는 힘이 있다. 단, 같이 사라진다는 점이 무혼천마의 강기와 다르다. 그리고 또 하나 소운은 상대의 강기를 밀어내거나 잡아챌 수 있다. 거부하지 않고 동화하는 강기의 수법이 바로 그것이다.

그러나 그것만으로 무혼천마에게 이기기는 불가능하다. 소운의 강기는 무혼천마의 그것에 닿는 순간 사라져 버리는 것이다. 그 찰나의 순간을 이용해 상대의 강기를 움직이는 것이 고작이다.

무혼천마는 거의 살아 있는 것처럼 전신을 움직여 소운을 공격해 왔다. 소운은 필사적으로 피하며 위급한 순간에만 전력을 기울여 상대의 강기를 튕겨냈다.

일단 시간을 버는 것은 가능하다. 소운은 그렇게 생각했다. 천마지경에 오른 이후 내공의 한계는 거의 없는 것이나 마찬가지가 되었다. 주변 공간에 존재하는 기운을 즉석에서 빨아들여 쓸 수가 있기 때문이다.

하지만 시간이 흐르자 그것도 아니라는 것을 알게 되었다.

"으으, 공간의 기운을 모두 장악하고 있군!"

소운은 무혼천마의 묵혈신마공이 가진 또 하나의 힘을 알 수 있었다. 그의 강기가 스쳐 지나가는 주변의 공간은 쓸 만한 기운이 남아나지를 않는다. 그야말로 모든 것을 '무(無)'로 되돌리는 힘이다.

바다와 같이 많았던 몸 안의 기운도 이제는 태반이나 사라져 버렸다.

이건 좋지 않다!

어떻게 해야 할까?

싸우면서 머리를 굴리는 것이 바로 소운의 특기이다. 싸우는 데 필요한 정신과 딴생각을 할 수 있는 정신이 동시에 굴러가는 것이다. 소운은 필사적으로 머리를 굴렸다. 해결책을 찾아내지 못하면 정말로 죽는다는 생각이 확실하게 들었다.

그러나 방법이 없었다. 도망을 갈 수도 없고, 상대를 이길 수 있는 방법도 없다.

무혼천마의 무공은 완벽하다. 이런 경지가 있다니? 아마 무혼천마는 고금에서 가장 강한 고수가 아니었을까? 어느 순간 소운은 순수한 감탄의 눈으로 무혼천마를 보게 되었다. 영혼이 빠져나가 육체의 힘만 남은 상태가 이렇게 강할 수 있다는 것을 처음 알았다.

"응? 잠깐!"

상대는 무혼천마가 아니다. 무혼천마의 활강시이다!

소운의 눈이 빛났다. 천마지경에 오르고 경혼진언과 진혼진언을 접하면서 알게 된 것이 하나 있다. 바로 천마의 강시가 살아 있는 천마와 어떻게 다른가에 대한 부분이다.

활강시가 아무리 강하다고 해도 그것은 육체적인 힘일 뿐, 정신의 주축이 되는 혼은 이미 없는 것이다. 단지 기억이 뭉쳐 있는 백이 남아 이미 떠나간 혼이 명령한 대로 육체를 조종하는 것이다.

그렇다면!

"육체를 조종하는 것이 백이라면, 내가 혼이 되어 백을 조종해야 한다. 아니, 백을 끊어야 한다."

소운은 자신도 모르게 중얼거렸다. 그리고는 그 말에 담긴 의미를 스스로 깨달았다.

경혼이나 진혼과는 또 다른 것. 바로 전혼(轉魂)의 법!

"가능할까? 아니, 가능하다!"

소운은 스스로의 힘에 대해 자각하기 시작했다. 독존의 강시술이 알고 보면 천마지경에 다다른 무공의 또 다른 해석이라는 것은 이미 깨달았지만 그게 어떻게 사용되는지는 아직 생각해 본 적이 없었다. 그런데 지금 생각하면 이미 소운은 그걸 알고 있었던 것이다.

소운은 서서히 몸 안의 힘을 모았다. 그리고 몸의 구석구석에 퍼져 있는 의식을 하나로 모아 연결했다. 바로 활강시를 만드는 비법을 자신의 몸에 펼치는 것이다. 그렇게 되자 소운의 몸은 곧 저절로 움직이기 시작했다. 소운의 의식은 몸의 조종과는 전혀 무관하게 되었다.

의식이, 정신이, 혼이 자유롭게 되었다!

소운은 자신의 육체가 무혼천마의 몸을 상대로 여전히 잘 싸우는 것을 확인했다.

"좋아!"

소운은 자신의 혼을 하나의 검으로 만들었다. 그것은 물질적으로는 존재하지 않는 검이다. 강기로도 건드릴 수 없는 기운이다.

의형살인이라는 말이 있다. 사람들은 그걸 강기라고 착각한다. 확실히 강기는 세상의 기운을 모아 물질 형상화시킨 힘이다. 의지로만 다룰 수 있다. 그러나 그것을 의형검이라 말할 수는 없다.

혼검(魂劍)! 그것이 바로 진정한 의형검(意形劍)이다!

스팟.

소운의 혼이 무혼천마의 육체를 관통했다. 그것은 무혼천마의 몸을 베지는 않았다. 묵혈신마강을 파괴하지도 않았다. 단지 무혼천마의 육체를 조종하는 백(魄)과 육체의 끈을 잘랐다.

그것으로 무혼천마의 넋인 백은 육체로부터 빠져나와 땅에 스며들 수 있게 되었다. 세상의 이치가 강시술에 의해 어긋나 있다가 지금 다시 돌아가기 시작한 것이다.

무혼천마의 움직임이 멎었다. 묵혈신마강도 순식간에 사라져 버렸다.

털썩.

무혼천마의 육체가 맥없이 바닥에 쓰러졌다. 이제는 정말로 시체가 되었으니 스스로 서 있을 수는 없다.

"이것인가. 이것이 바로 내가 추구하던 것이었던가?"

소운은 미소를 지었다. 깨달음을 얻은 자의 미소였다.

그때 소운의 영혼에 하나의 말이 전해져 왔다.

"연자여, 나의 육체를 해방시킨 자여."

"무혼천마인가!"

활강시는 말을 할 수 있다. 혼은 사라져도 넋이 남아 있기에 가능하다. 그 넋이 소운에게 말을 걸고 있었다. 그것은 말이라기보다는 혼에 의해 이미 명령받은 대사일 뿐이다. 넋이 육체로부터 해방되는 순간 해방자에게 전하도록 되어 있었다.

"그대는 나와 같은 경지에 올랐다. 육체의 한계를 넘고, 의지의 실체를 깨달았다. 혼을 육체라는 굴레로부터 해방시켜 더 높은 경지의 도에 대한 수련을 할 수 있게 되었다. 이제 천하에는 나 이외에도 그대가 존재한다. 나의 작은 기억이 그대가 더 높은 곳으로 나아갈 수 있는 토대가 되기를……. 받아라."

그와 동시에 소운의 의식 속으로 무혼천마의 기억이 들어오기 시작했다. 단순한 지식의 전달이 아닌, 감정과 의지까지도 그대로 전해지는 것이다.

"읏."

소운은 갑작스럽게 흘러들어 오는 것들에 영혼이 괴로워지는 것을 느꼈다. 무혼천마의 기억은 너무나도 방대하여 보통 사람이라면 틀림없이 발광하거나 아예 영원한 실혼인이 되어버릴 정도였다.

무엇보다 무혼천마의 의지는 범인의 수백 배에 달하는 것이기에 스스로의 이성을 잃고 무혼천마의 뜻에 먹혀 버릴 수도 있었다. 자격이 없는 자는 전하려 해도 받을 수 없는 그런 것이었다. 하지만 소운은 자격이 있었다.

"후우우, 육체는 유한하나 의식은 무한한 것. 어떤 것도 받아들일 수 있다."

소운은 일단 진혼의 구결로 마음이 흔들리지 않도록 안정시켰다. 그리고 무혼천마의 모든 것을 관조하듯 받아들였다. 그러면서 무혼천마의 진정한 뜻을 이해할 수 있게 되었다. 석실에 쓰여 있던 글은 그야말로 사람을 속여 당황하게 만들려는 속셈이 들어 있었다.

무혼천마가 평생에 걸쳐 이룬 것은 쉽게 말해서 우화등선의 경지라 할 만했다. 혼이 자유롭게 육체를 떠나 해방될 수 있다. 무혼천마의 기억으로 볼 때, 무림의 역사상 그것을 이룬 사람은 달마 대사 이외에는 없었다.

무혼천마는 죽은 것이 아니다. 육체를 남기고 떠난 것이다. 그러면서 그는 뒤에 올 후인을 위해 자신의 육체를 하나의 열쇠로 남겨두었다. 바로 후인이 우화등선의 단서를 얻게 하기 위한 열쇠이다.

무혼천마의 육체는 완벽했다. 물리적으로 이것을 파괴할 방법은 없다고 봐도 된다. 설혹 소운이 무혼천마의 육체를 파괴할 정도의 힘을 지니고 있다고 해도, 그 정도의 힘을 발휘하면 이 석실 전체가 붕괴된다. 그러면 천만 관에 달하는 땅의 무게와 돌도 녹이는 용암의 열기에 의해 모든 것이 소멸되게 되어 있었다.

무혼천마의 육체를 멈추는 방법은 방금 소운이 한 것처럼 혼을 무기로 쓰는 수밖에 없다. 그것이 바로 우화등선의 경지인 것이다.

무혼천마는 생각했다. 진정 이런 경지에 오르는 자는 인연과 재능이 같이 있어야 한다. 여기서 재능이 어느 정도인가가 문제다. 무혼천마는 자신을 기준으로 놓았다. 어떤 싸움에서든 단 한 가지라도 이길 수 있는 방법이 있다면 틀림없이 그것을 찾아낸다. 그리고 일단 찾아내면 확실하게 실행해서 성공을 시킨다. 그것이 진정한 천마지체의 재능이다.

무혼천마는 후일 그런 재능을 가진 자가 이곳에 올 것이라 예견했다. 그렇기에 모든 것을 막아놓고 단 하나의 길만을 남겨놓을 수 있었다.

"하아, 무혼천마는 이미 천기를 볼 수 있는 경지에 도달했었다는 뜻이군?"

소운은 감탄 반, 한탄 반의 한숨을 내쉬며 중얼거렸다.

무혼천마의 기억과 깨달음을 이어받으니 이제 소운은 과거의 천마들과 혈불, 혹은 독존과 같이 천하에 이름을 떨친 자들에게도 차이가 있음을 확실하게 알 수 있었다.

독존의 경우 육체의 한계를 벗어난 혼의 기운을 느꼈음에도 불구하고 그걸 죽음이라 생각했다. 그래서 독으로 다른 사람의 혼을 떼어내는 것에 대해서만 연구했다.

과거 혈뇌음사의 조종은 혼을 정신과 같이 생각했다. 그렇기 때문에 육체의 한계를 벗어나려 하지 않고 혼의 힘에 맞추어 육체의 힘을 키워야 한다고 판단했다. 그는 결국 정신과 육체의 한계를 만들어내었다.

지금의 혈불은 그보다도 못하다. 당금의 천하제일고수라고 스스로 자만하던 혈불이지만, 지금 소운이 보기에 혈불은 오히려 역대의 최강자 중에서 약한 축에 속할 뿐이다.

"내참, 혈불이 약하다고 생각할 때가 올 줄이야."

소운은 살짝 기가 막힌 기분이 들어서 웃으며 고개를 저었다. 그러나 그게 현실이다. 육체의 힘은 몰라도 적어도 정신과 혼의 경지는 소운이 혈불보다 높아져 버린 것이다.

문제는 소운이 혼을 무기로 사용해 혈불을 공격했을 때, 혈불이 어떤 반응을 보이냐는 점이다. 그가 진정한 천마지재라면 그 역시 소운의 공격을 이해하고 막을지도 모른다. 섣불리 혈불과 싸웠다가는 오히려 혈불에게 깨달음을 전하는 것이 될 수도 있다.

"그런데 무혼천마는 어떻게 된 거지? 영혼이 육체를 빠져나간 채로 살아 있을 수 있나?"

생각의 화두를 바꾸어 다시 무혼천마를 떠올린 소운은 고민했다. 왜냐하면 이제 소운 역시 영혼을 자유롭게 해방시킬 수 있게 되었기 때문이다.

육체를 벗어난 무혼천마의 혼이 어떻게 되었는지는 알 수 없다. 무혼천마의 기억은 육체를 떠나면서 끝이 나기 때문이다.

전설처럼 선계가 있을지도 모른다. 영원히 살 수 있는 그런 곳이 하늘 어딘가에 존재할지도 모른다. 아니면 그냥 죽은 것일지도 모른다.

소운은 피식 하고 웃었다.

"알 게 뭐냐. 나중에 질리도록 살고 나서 생각하면 되지. 괜히 호기심에 내 몸을 버릴 수는 없잖아."

소운은 무혼천마가 어디로 갔는지, 후일 자신이 어디로 갈 수 있는지는 나중에 생각하기로 했다. 지금 그에게는 해결해야 할 일이 산더미처럼 쌓여 있었다. 그리고 버릴 수 없는 것도 많았다. 소운은 아직 선인이 되기를 원하지 않았다.

"일단은 나가자. 하고 싶은 일보다는 해야 할 일을 하는 것이 우선이니까."

소운은 마음속의 호기심과 미련을 털어버리고 석실 밖으로 걸음을 옮겼다. 무혼천마의 기억을 이어받을 때 이곳을 나가는 방법도 알게 되었다.

그런데 막 방을 나서려는 소운의 눈에 수북하게 쌓인 수정가루가 들어왔다. 단순한 수정이 아니라 무혼천마가 안배에 의해 엄청난 기운을 머금고 천여 년 동안 있었던 수정들이다. 강기의 힘이 자연스럽게 배어들었다고나 할까? 이것이야말로 인세에 다시 찾아보기 힘든 보물일지도 모른다.

"그래, 네가 쓸 만하겠구나."

소운은 미소를 지으며 손을 슬쩍 저었다. 그러자 수정 가루들이 허공으로 떠올라 뭉치기 시작했다. 곧 그것은 하나의 형태를 이루었다.

투명하지만 여러 가지 기묘한 색을 은은하게 발하는 하나의 수정검이었다. 검집까지 모두 갖춰져 있었는데 소운이 일으킨 기운에 의해 가루가 뭉쳐져 만들어진 것이었다. 소운은 그것을 손에 쥐었다.

모양과 무게가 모두 소운의 뜻대로 만들어진 검이었다.

"검이 없어도 되는 경지는 바로 검이 있어도 되는 경지지. 일단 멋있으니 좋군. 이름은 명옥검이라고 하지."

소운은 마음에 드는 듯 고개를 끄덕이며 명옥검을 허리에 찼다. 그리고 그곳을 빠져나갔다.

第五章
# 소운지의 (蘇雲之意)
나의 뜻대로!

南斗延壽保兩時老君告天師曰

大八會之真文三洞三清之上

稟道元始天尊昔經歷于億萬劫天地始修

太上說南斗延壽保兩

太上說南斗

安真經

此經乃九天八

興衰而人倫五運遷變萬稟道

# 소운지의(蘇雲之意)

나의 뜻대로! 모든 것을 바꾼다

신강을 벗어난 소운은 강남으로 향했다. 중원을 횡단하는 머나먼 여정이지만 지금의 소운에게 있어서 거리는 큰 장애가 될 수 없었다. 그는 밤낮으로 쉬지 않고 날았다. 검선 여동빈이 검광에 올라타 날았다는 전설은 소운에게 있어 이미 전설이 아니었다.

잠을 잘 필요도 거의 없다. 그냥 하루 한두 시진씩 멈춰서 식사를 하고 휴식을 취할 뿐이다. 그것도 그냥 습관적인 행동일 뿐, 마음만 먹으면 먹지 않아도 상관이 없었다. 그렇기에 소운은 남들이 반년 걸릴 거리를 보름이면 갈 수 있었다.

천외신무회의 비밀 은거지인 무재곡에 도착한 소운은 아무도 모르게 사제인 서문량과 만났다. 서문량 이외에 소운이 온 걸 눈치 챈 존재는 오직 하나, 무재곡주이자 칠채앵무인 쿠루뿐이었다.

"끼루루! 주인 왔냐? 왔냐?"

쿠루는 소운이 들어오자 날갯짓을 하며 소리쳤다. 자기 딴에는 반가운 모양이었다. 그러나 소운은 그 말을 듣자 품속에서 동전을 하나 꺼내 쿠루의 머리에 튕기듯 던졌다.

딱.

"끼룩! 왜 때려!"

"아직도 정신을 못 차렸네. 자꾸 주인에게 반말할 거냐?"

소운이 손에 세 개의 동전을 끼우며 말하자 쿠루는 얼른 날개로 머리를 가렸다.

"끼욱, 주인님 오셨어요. 오셨어요."

그때서야 소운은 봐준다는 표정으로 쿠루에게서 시선을 떼고 서문량을 보았다.

"사형, 잘 다녀오셨습니까?"

서문량은 소운이 여전한 것에 미소를 지으며 인사를 했다. 단지 그뿐이지만 소운은 사제의 눈빛에서 진심 어린 기쁨을 읽을 수 있었다. 죽음의 길로 떠난 자신을 묵묵히 믿고 기다려 주는 이가 있다는 것은 참으로 좋은 일이라고 소운은 생각했다.

"응. 다녀왔어."

서문량이 그랬듯이 소운도 미소를 지으며 간단하게 답례했다. 단지 그뿐, 마음이 통하는 두 사형제에게 더 필요한 것은 없었다.

잠시 후, 소운은 서문량과 차를 마시며 앞으로의 일에 대해 논의하기 시작했다.

우선 서문량이 그동안 있었던 무림의 일들에 대해 말하고, 천외신무회를 비롯해 중원무림맹이 어떻게 대응할 계획인지를 설명했다.

서문량은 다시 한 번 확인하듯 말했다.

"우선 애초의 계획은 천마신교가 모든 재물과 정성을 기울여 무황성을 짓게 하는 것이었습니다. 그와 동시에 그들이 과거에 중원무림으로부터 빼앗아간 무공 비급들을 다시 되돌리는 것이었지요. 이 계획들은 이미 모두 성공을 한 셈입니다. 이제 사형께서 돌아오셨으니 마지막 일을 행하기만 하면 됩니다. 그러나 아직은 결정해야 할 일이 있지요. 바로 무황성과 천마신교에 대한 것입니다."

"다행이군. 큰 사고 없이 일이 진행되었으니 말이야."

"하지만 남은 일도 있습니다. 천마신교를 어떻게 할 것인지에 대해서는 아직 사형께서 결정하지 않으셨습니다."

"으음, 그렇지……."

서문량의 말대로 소운은 아직 천마신교의 미래에 대해 확실한 결정을 짓지 못하고 있었다.

원래대로라면 무황성의 개파대전 날에 혈장천마의 죽음이 세상에 알려지도록 하는 것이 그들의 계획이다. 그 뒤에는 천외신무회를 비롯한 중원무림맹의 고수들이 단숨에 천마신교의 무리들을 공격하여 싹쓸이를 하게끔 하려 했다. 그 와중에 소운은 죽은 것으로 처리되고, 이후에는 중원의 숨은 최강자인 일로마협의 삶을 살게 되는 것이다.

그러나 소운은 이미 마음을 바꾼 바 있다. 천마신교의 무리들을 가능한 한 죽이지 않기로 한 것이다. 그 이유는 두 가지였다. 하나는 그렇게 원한을 더욱 깊어지게 한 채 천마신교를 신강으로 내쫓으면 차후에 다시 천마신교의 중원침공이 발생하게 된다는 점이다.

신강의 천마신교는 이미 무너질 수 없는 곳이다. 변황의 가장 큰 세력이고, 그 지역의 패자로 신앙의 대상이다.

그렇기에 가장 좋은 것은 그들이 스스로 모자람을 알고 물러나 다시는 들어오지 않게 하는 것이다. 하지만 그런 방법은 소운과 서문량도 생각해 내지 못했다.

두 번째 이유는 바로 공손설 때문이라 할 수 있다. 조금 넓게 말한다면 소운이 이미 천마신교 내에 정을 둔 사람이 생겼다는 뜻이다. 그런 만큼 이제는 가능한 한 천마신교의 무리들이 피해를 입지 않도록 일을 해결할 생각이었다.

서문량은 이래도 좋고 저래도 좋다고 생각하는 듯했다. 소운이 정에 약한 것을 그는 이미 알고 있었고, 그 점을 좋아했다.

또한 중원무림인들에 대해 서문량은 그다지 좋은 감정을 지니고 있지 못했다. 그들 중 상당수는 천마신교라는 큰 적을 앞에 두고도 자신들의 안위와 이권을 먼저 생각했다.

'마교가 악이고 중원무림이 선이라고 생각하는 건 멀리서 구경할 때의 말이지 실상은 그렇지 않다!'

이것이 서문량이 내린 결론이었다.

소운을 통해 마교의 인물들에 대하여 알 수 있었다. 공손설이나 고목마군의 예만 보아도 마교의 인물들이 모두 사악하다는 것은 거짓말이다. 물론 어떤 악의 무리에도 선인은 있게 마련, 그것으로 그 단체 자체를 용납할 수는 없다. 하지만 마교의 행보를 보아도 꼭 악하다고만 단정 짓기에는 무리가 있다.

이는 정파로 대표되는 중원무림도 마찬가지. 과거의 경우를 봐도 천마신교의 침공을 기회로 다른 문파의 힘을 소모시키고 차후에 그곳을 공격하는 경우가 비일비재했다. 천마신교의 침공이 끝난 이후에도 수십 년 동안은 혼란기가 지속되는 이유가 여기에 있다.

전쟁에서 공을 세워 명예를 얻는 것은 중요하지만, 살아남기 위해서는 자파의 힘을 소모하는 것을 극력 피해야 한다. 용감하게 맞서 싸운 자는 전쟁이 끝난 후에 죽는다.

소운이 말끝을 흐리자 서문량은 소운의 심중에 또 다른 생각이 있다는 것을 깨달았다.

"사형의 뜻은 무엇입니까?"

서문량이 단도직입적으로 묻자 소운은 가볍게 한숨을 쉬며 말했다.

"생각이 끊임없이 바뀌니 사제에게 쉽게 말하기도 그렇군. 어쨌거나 지금 내 생각은 천마신교가 계속 중원에 남아 있어야 한다는 것이야."

"자세히 말씀해 주십시오."

굳이 정리해서 말할 필요는 없다. 서문량은 일단 소운이 생각하는 모든 것을 알고 함께 고심하면 답이 나올 수 있다고 자신하며 다음 말을 재촉했다.

이심전심. 소운은 사제의 마음을 알아채고 일단 생각해 놓은 것들을 풀어놓기 시작했다.

"신강의 천마신교와 중원의 천마신교를 분리시키는 거지. 다시 말해서 교주를 둘로 만드는 거야."

"아!"

이것은 어쩌면 가장 악랄한 이간계라 할 수 있다. 서문량은 눈을 빛내며 소운의 말을 들었다.

"무황성이 앞으로도 제구실을 하려면, 그리고 중원의 무림이 발전을 하려면 변황의 무공을 받아들여야 해. 반대로 변황에 우리 중원의 무공을 전하는 것도 필요해. 무황성의 목적은 바로 그것이지. 그러기 위해서는 무황성의 성주가 꼭 중원인이 아닐 수 있다는 인식이 필요해."

"으음, 바로 천마가 무황성주가 되어야 한다는 뜻이군요."

"그래, 무황성주는 중원과 변황에서 가장 강한 고수여야 하는 것. 그게 꼭 중원인이라는 보장은 없는 거지. 중요한 것은 무황성이 중원에 있다는 점이니까."

천하제일인은 무황성에 머문다. 그리고 무황성은 중원에 있다. 소운의 말에 담긴 뜻을 서문량은 이해했다.

"사형의 말씀이 옳습니다."

"그리고 이런 식으로 일을 진행하면 중원무림은 대오각성하고 애써 노력하게 될 거야. 천외신무회는 그들이 정말 바른 길로 무를 추구하도록 돕는 길잡이가 되어야 하는 거고."

"예."

"일단 천마신교가 무황성을 점거하고, 수십 년에 걸쳐 중원 내에 세력을 일으키게 하는 거야. 그들은 승리자가 되는 것이지. 하지만 중원의 천마신교는 그 승리의 대가를 신강으로 전혀 가져가지 않아. 중원 내에서 세력을 유지하고 키우는 데 모두 사용하는 거야. 오히려 신강에 남아 있는 재물과 인재들을 계속해서 중원으로 끌어들이면 결국 신강에는 원로들과 일반 신도들만 남게 되겠지.”

“천마신교 자체를 중원으로 흡수하는 셈이군요.”

“그래, 과거 초대 천마 때 중원의 무인 중 상당수가 신강으로 건너갔던 것을 이제는 이자까지 쳐서 받아내는 것이야.”

“그런데 그들이 중원에 자리를 잡으면 기존의 무림방파들과 혼란이 일어나지 않을까요?”

“그걸 잘 조율해야 해. 지금까지 중원무림은 정파와 사파가 서로 대치하는 상황이었지만, 이제부터는 정파와 마도가 대치하고, 사파는 가능한 한 약화를 시키는 게 좋을 듯해.”

소운의 뜻은 새로운 중원무림의 판형에 있었다. 원래 사파인들은 스스로의 욕심에 의해 무공을 사용하는 자들을 뜻하는데, 소운은 이걸 마도로 대치해서 무공을 위해 모든 것을 희생하는 자들이 중원에 자리 잡기 원하는 것이다.

하지만 서문량은 그 점에 대해서는 소운의 생각에 동의하기 힘들었다. 소운의 말대로라면 마도천하가 오기 쉬웠다. 그러나 소운은 서문량의 마음을 안다는 듯 고개를 저으며 계속해서 말했다.

“중원의 정파는 항상 긴장해야 해. 그들의 진정한 힘은 바로 협, 민심을 잃으면 마도천하가 오고, 민심을 얻으면 정파가 득세할 거야. 그리고 만약의 경우에는 천외신무회가 도우면 되지.”

결국은 천외신무회가 모든 일의 중심에 서자는 뜻이다. 마도와 정도의 무공을 초월한 존재가 되어 세상을 조율하자는 의지가 소운에게 있었다.

서문량은 한숨을 내쉬며 말했다.

“사형의 진정한 뜻이 어디에 있는지 모르겠습니다. 그거야말로 진정한 패(覇)가 아닙니까?”

“응, 말하자면 힘있는 자의 억지지. 일단 우리는 힘이 있으니까 어렵게 생각하지 말고 그걸 이용하는 거야. 내가 계속 생각해 봤는데, 언제부터 우리가 중원무림의 미래를 생각했지? 결국 우리가 원한 것은 우리의 안전과 행복이었을 뿐이야.”

“그건 사형의 말씀이 맞습니다.”

서문량은 소운의 솔직한 말에 고개를 끄덕였다. 하지만 여전히 완전히 납득을 했다는 얼굴은 아니었다. 소운이 하는 말은 과거 그의 성격을 생각할 때, 있을 수 없는 일이었다. 만약 소운이 진심으로 이런 말을 했다면 그것은 바로 사람이 변했다는 뜻이리라.

소운 역시 서문량의 눈을 보면서 가볍게 한숨을 내쉬었다.

말하고자 하는 내용이 쉽게 전달되지 않는 것이다. 그는 잠시 입을 다물고 생각을 정리한 후 다시 설명을 시작했다.

"내가 이번에 무혼천마의 심득을 이어받고 무공의 경지에 대해 다시 한 번 생각하게 됐거든. 그런데 이 무공이 단순한 싸움 기술이 아니란 말이야. 심신 단련이라는 말로도 부족하고, 말하자면 하나의 완성된 도의 길이라 할 수 있어."

"……."

"그런데 사람들은 이걸로 부귀와 영화를 얻으려 하고, 또 협의니 의리니 하고 따지려 든단 말이야. 사실 협의는 무공과는 관계가 없는 거야. 마음에 협이 있으면 농부도 협을 행할 수 있는 거고 무공이 아무리 강해도 결코 협의를 행할 수 없어. 단지 자기만족일 뿐, 오히려 진정한 협의로부터는 멀어지지."

"그래도 협의를 행하는 것이 좋지 않겠습니까?"

"그건 말할 것도 없어. 힘이 있는 자가 선하면 세상이 편해지고, 반대로 악하면 혼란이 오는 거야. 무공이 강한 자가 협의지심을 지니고 있으면 얼마나 좋겠어? 하지만 내가 말하고자 하는 것은 무공이 강하고 약하고와 협의가 있고 없고는 별상관이 없다는 거야. 뭐, 그래서 자고로 비인부전(非人不傳)이라고도 했지."

"그건 그렇습니다."

소운이 누구나 알 만한 말을 했지만 서문량을 그저 조용히 수긍하며 맞장구를 쳤다. 지금의 소운은 서문량으로서는 측량할 수 없는 무공의 도를 깨달은 듯했다. 아마 그것을 말로 표현하기 힘들어 장황한 이야기가 이어지는 것이리라.

하지만, 참고 주욱 듣다 보면 결국 소운의 뜻을 알 수 있을 것이라고 서문량은 생각하고 있었다.

소운은 그런 서문량의 태도를 보면 다시 말을 이어갔다.

"그러니까 결국 지금 내가 원하는 것은 선인을 만들려는 것이 아니라, 악인에게 긍지를 주려는 거야. 비열해지지 말고 정정당당히 무공으로 승부를 보게끔 교육을 시키는 거지. 그러면 아마도 무공이 없는 민초들에게는 많은 도움이 될 거야. 무공 익힌 놈들은 고생을 할지도 모르지만."

"그렇군요. 사형의 뜻을 알겠습니다."

서문량은 크게 고개를 끄덕였다. 악인을 선인으로 만드는 것은 정말 어려운 일이다. 누군가가 대오각성하고 개과천선하는 것은 아주 큰 계기가 없이는 힘들다. 그리고 그런 기회를 인위적으로 만들기는 거의 불가능하다고 할 수 있다.

하지만 악인들에게도 규율을 정하는 것은 가능하다. 무공을 통한 승부라는 길이 주어진다면 타고난 포악함도 한쪽으로 해소가 가능하게 된다. 물론 그 대상이 되는 무인이 약할 경우 상대는 목숨을 잃을 수도 있다.

　지금 소운은 바로 그러한 길을 제시하고 있다. 서문량은 소운의 길이 비록 좀 극단적이기는 하지만 잘못된 것은 아니라고 생각했다.

　"그리고 또 하나, 이렇게 되면 결과적으로 정도든 마도든 무공의 수준이 올라가게 돼. 그렇게 되면 언젠가는 더 높은 무공을 추구하려는 자가 나타나겠지. 무혼천마도 나도 그걸 원해."

　"후인을 원하는 것입니까?"

　"그것과 비슷한 감정이겠군. 사실 이건 다른 정파의 무인들에게는 어떻게 들릴지 모르지만, 난 지금의 구대문파나 오대세가에서는 지금 내가 보고 있는 것을 볼 수 있는 사람이 나오기 힘들다고 봐. 이들은 이미 대부분 진경을 잃어버리고 자신들이 모자라게 이어받은 것을 완벽한 것으로 착각하고 있어. 이래서야 점점 퇴보만 할 뿐 발전이 있기 어려워. 그렇기 때문에 이들이 스스로 부족함을 깨닫고 자파의 무공을 더욱 발전시킬 수 있는 환경이 필요하다고 생각하게 되었어. 따지고 보면 그건 사파도 마찬가지야. 지금 천하에서 가장 무공 수준이 높은 곳은 바로 천마신교라 할 수 있어."

　"그렇습니까? 사형의 뜻은 잘 알겠습니다."

　서문량은 고개를 숙였다. 사실 소운의 말은 그에겐 받아들이기 어려운 부분도 있었다. 예를 들어 소운은 지금 평화적인 시기가 오면 무공이 퇴화한다고 생각하고 있었다. 그렇기 때문에 항상 긴장된 형국을 유지하게 하자는 것이다.

이건 좋지 않다. 세상의 흐름을 천외신무회의 힘으로 조종하려 한다면 언젠가는 천외신무회 자체가 중원 최악의 존재로 변하게 될 것이다.

'사형은 그른 길을 갈 사람이 아니다. 나 또한 그럴 자신이 있다. 하지만 백 번 양보해서 우리가 변하지 않는다고 해도 그 후가 문제다. 그 많은 힘을 집중시킨 천외신무회가 다른 이로 인해 변한다면 그것은 돌이킬 수 없는 결과가 될 터인데……'

서문량은 잠시 입을 다물고 이런 부분에 대해 소운을 어떻게 설득할까 고민했다. 그런데 소운은 서문량의 침묵에 스스로 반성을 했다. 어지간한 일이면 사제인 서문량이 소운에게 말을 아끼지는 않을 것이다. 소운은 자신의 생각을 부정적으로 다시 한 번 검토해 보았다. 그리고는 일이 잘못되었을 경우에 어떻게 될지를 생각했다. 좋지 않았다.

마침내 서문량이 문제가 되는 부분을 지적하려 할 때, 소운이 다시 고개를 저으며 입을 열었다.

"역시 사람의 힘으로 세상을 마음대로 조종하는 것은 좋지 않군. 이렇게 하지."

"어떻게 말입니까?"

"그러니까 말이야……."

소운은 자신이 생각하는 부분을 솔직하게 말했다. 서문량도 이번에는 크게 부정을 하지 않고 소운의 뜻에 따른 구체적인 계획을 냈다.

두 사람은 밤새 이 부분에 대해 자세히 논의했다. 새벽이 되어 하늘이 검은색에서 붉은색으로 변하기 시작했을 때, 소운은 그곳을 나왔다.

이제는 무재곡의 절진에 의한 안개도 소운에게는 아무런 장애가 될 수 없었다. 계곡 위에서 아래를 내려다보니 새벽에 일어나 무공을 수련하고 있는 사람들이 한눈에 보였다.

"정신 못 차려? 거기 너, 마보 한 시진 실시!"

그의 친구인 장철근의 목소리가 절진을 뚫고 하늘 위에까지 들리는 듯했다. 그들이야말로 중원의 미래라 할 수 있었다. 이들이 피를 흘리며 싸우는 것은 좋지 않다. 진정한 무학의 도에는 피가 없어도 도달을 할 수 있다. 하지만 피로부터 멀어져서도 안 된다. 그러려면 차라리 도가나 불가의 깨달음을 따르는 게 낫다.

소운은 잠시 미소를 띤 채 그 광경을 보다가 막 계곡 위로 떠오른 해를 보았다.

"젠장. 무혼천마, 그대의 심정을 알겠군. 오백 년 뒤에라도 좋으니 진정한 무공의 경지에 도달한 자가 탄생하기를 원하는 마음을."

차라리 강기에 목숨 걸던 시절이 좋았다. 이건 뭐 설명을 하기도 뭐한 경지에 올랐기에 서문량에게도 그냥 무혼천마의 진전을 이었다고만 대충 설명하고 말았다.

소운은 가볍게 한숨을 한번 내쉬고 몸을 날렸다.

*　　　*　　　*

무림맹의 비밀 회의장에서는 요즘 매일같이 회의가 열리고 있었다. 무황성의 개성일이 눈앞으로 다가왔기 때문에 어떻게 대처를 해야 할지를 결정해야 했다.

이대로 혈장천마가 무황성주로서 무림에 호령을 하도록 놔두어야 하는가? 정말로 자존심이 상하는 일이다. 그러나 인정할 수밖에 없다. 싸워도 승산이 없기 때문이다.

그냥 끝까지 싸우다 속 편하게 죽는 게 좋다는 열혈 무인도 무림맹에는 적지 않다. 그런데 그들 대부분은 과거 혈장천마와 혈불의 싸움을 보지 못한 자들, 다시 말해서 범 무서운 줄 모르는 하룻강아지였다.

혈장천마의 무위를 직접 본 사람들은 그의 무공에 알게 모르게 감복하게 되는 것이다. 특히 무공이 강한 사람일수록 혈장천마의 무서움을 뼈저리게 느꼈다.

그때 서문량이 비밀리에 무림맹에 방문을 했다. 당연히 사람들은 쌍수를 들고 서문량을 환영했고, 곧 그가 주도하는 회의가 열렸다. 그곳에서 서문량은 사람들의 답답한 사람들의 가슴을 뻥 뚫어주는 정보를 제공했다.

"뭐라고! 그게 정말이오?"

"그렇습니다. 워낙 엄밀하게 비밀로 해온 모양이지만 이번에 확실하게 드러났습니다. 혈장천마는 마양평야에서 이미 무리를 해서 치명적인 부상을 입었는데, 그 후 상처가 회복되지 않아 죽었다고 합니다."

천문기사 서문량은 환한 미소를 지으며 천마의 죽음을 확언했다. 자리에 모인 이들은 아마도 천외신무회에서 암암리에 목숨을 걸고 이러한 정보를 알아냈을 것임을 추측할 수 있었다.

혈장천마가 죽었다!

기대하지 않았던 낭보에 한동안 회의실 안에는 적막이 감돌았다. 서문량은 그런 그들을 주욱 돌아보며 고개를 끄덕여 보였다. 그리고 침묵은 일순간 큰 웃음과 환호로 깨어졌다.

"천마, 천마가 죽었단 말이지? 하하하하."

"진정 죽었는가? 그 천마가?"

"그렇다지 않소? 이제 중원무림의 앞날은 훤히 뚫렸소! 으하하하!"

사람들은 이미 마교를 중원에서 내쫓은 양 서로 인사를 나누며 기쁨을 감추지 못했다. 한동안 그런 소란스러움이 계속된 후 공동파의 장로인 능허 대사가 들으란 듯 크게 말했다.

"크하하하하, 그럼 그렇지. 어떻게 인간이 그 정도 무위를 보일 수 있단 말인가? 알고 보면 혈장천마는 자기 한계를 넘는 무위를 무리해서 보였던 것이군."

"혈장천마가 대단한 것은 사실입니다만, 혈불과 싸운 이후 다시 쌍성과 남도왕의 연수합공의 비무를 한 것은 결코 현명한 일이 아니었지요."

혈장천마가 죽은 이상 걱정은 없어진 것이나 마찬가지. 이곳은 중원이다. 적의 수가 열이라면 아군의 수는 백인 것이다. 사람들은 금새 기가 살아 당장 은하장을 쳐야 한다고 주장했다. 그러나 서문량은 흥분하는 각파의 장로들을 진정시켰다.

"서두를 필요가 없습니다. 중요한 것은 이번에 확실하게 마교의 무리들을 섬멸해야 한다는 것입니다. 적어도 중원에 들어온 자들은 한 명도 빠짐없이 중원무림의 분노를 맛보아야 할 것입니다."

"그야 이를 말이겠소? 그러니까 당장 그곳을 치자는 말이 아니오?"

"잠시만 제 말을 들어보십시오. 지금 은하장을 공격해 봐야 별로 좋은 일은 없습니다. 우리가 움직이면 그들은 낌새를 채고 대응할 것입니다. 함정도 팔 것이고, 세가 불리하다고 판단되면 주저없이 도망도 갈 것입니다.”

“은밀하게 움직이면 될 것 아니오?”

“한두 명도 아니고, 무림맹의 전력 대부분이 동원되어야 하는 일입니다. 은밀함이란 있을 수 없지요.”

“커험, 그럼 어떻게 했으면 좋겠소? 천문기사께서 의견을 말씀해 주시오.”

“가장 중요한 것은 이 일을 이곳에 있는 분들만 아셔야 한다는 것입니다. 그리고 우리는 무황성의 개성일까지 기다려야 합니다.”

“무황성의 개성일까지?”

“그렇지요. 그곳에 참석하는 것은 극히 자연스러운 일이니 우리들이 전력이 되는 고수들을 끌고 그곳에 간다면 아무도 의심하지 않을 것입니다.”

“오호, 그렇다면 무황성에서 마교의 무리들과 결판을 내자는 뜻이구려.”

“그렇습니다.”

서문량의 의견은 아주 간단했다. 어차피 마교의 무리들은 거의 대부분 무황성으로 올 것이다. 그런 만큼 중원의 무인들도 그곳에 몰려가 그날 모든 사람들 앞에서 혈장천마의 죽음을 알리고 정마대전을 벌이는 것이다.

혼란이 크겠지만 이곳에 있는 사람들이 미리 어느 정도 계획에 따른 마음의 준비를 했다가 지휘를 하면 틀림없이 조직적으로 무림인들을 움직여 마교를 박멸할 수 있다.

서문량은 설명을 끝내고 잔잔한 미소를 지으며 말했다.

"우리가 승리하면 무황성은 바로 마교를 몰아낸 장소가 되는 것이니 중원의 새로운 명소가 될 것입니다."

"허허허, 그것참 걸작이로군. 그자들이 지은 무황성이 바로 그자들의 무덤이자 중원무림 승리의 기념비가 되는 셈이군."

사람들은 그 점이 특히 마음에 드는 듯했다.

"우리 그러지 말고 그곳을 새로운 무림맹의 총단으로 만듭시다. 무한정기의 표식으로 그곳만큼 좋은 장소는 없을 것이오."

"그것 참 좋은 의견이오. 그렇지 않아도 본 장로도 그 생각을 했소이다."

승부는 이미 난 것이나 마찬가지이다. 사람들은 그렇게 생각했다. 서문량은 그런 사람들의 모습을 여전히 부드러운 얼굴로 지켜볼 뿐이었다. 하지만 서문량은 속으로 생각했다.

'이들은 아직도 피를 흘려서 승리하는 것을 원하고 있구나. 사형의 뜻이 옳다. 앞으로 무림은 무조건 싸움을 적게 하

는 방향으로 나아가야 한다.'

싸움이 벌어지면 이 자리에 있는 사람들 중 몇 명이나 앞으로 나서서 싸울 것인가? 서문량이 보기에 두세 명 정도였다.

결국 싸우는 것은 실전무사들이다. 피를 흘리는 것도 마찬가지다. 앞으로는 그래선 안 된다. 정과 마를 떠나서 피를 두려워하는 형세를 만들어야 한다. 그것이 바로 소운이 원하는 무림이었다.


*　　　*　　　*


무재곡에서 나온 소운은 은하장에 돌아갔다. 그리고 아무도 모르게 공손설을 만났다. 공손설은 소운이 기척도 없이 나타나자 놀람과 기쁨의 표정을 지으며 자리에서 일어났다.

"사형, 돌아오셨군요!"

"응."

짧은 대답, 하지만 공손설은 소운의 말투에서 그가 원하던 것을 얻었음을 알았다.

"사형의 성취를 축하드립니다."

"모두 사매가 도와준 덕분이야. 그런데 개성일 준비는 다 되고 있어?"

"힘들어요. 아무래도 사부님께서 모습을 드러내지 않으면 중원의 무림인들이 가만있을 것 같지 않아서요. 제가 어떻게 든 막아보기로 했어요. 하지만 이제 사형께서 돌아오셨으니 모든 걱정은 끝난 셈이지요."

공손설은 무거운 짐을 덜은 기분인 듯 배시시 웃었다.

소운은 그 모습에 마음속으로부터 애정이 우러나오는 느 낌을 받으며 잠시 공손설을 보았다.

"내가 무공을 얻은 이상 이제는 사부님의 죽음을 숨길 필 요는 없어. 중요한 것은 나의 무위를 어떻게 중원무림인들에 게 확실히 알릴 수 있는가 하는 점이지."

"그러면 어떻게 할까요?"

"이미 준비는 끝났어. 사실은 무림맹에 사부님의 죽음을 흘렸거든. 그자들은 무황성을 빼앗으러 올 거야."

"흥! 그렇게 쉽지는 않을 거예요. 일단 그곳에 들어가면 수 보다는 무공 수준이 어느 정도 되는 정예들이 더욱 힘을 발휘 하게 되어 있으니 우리 천마신교가 절대적으로 유리해요."

아무래도 공손설은 무황성을 완공시키는 데 적지 않은 노 력을 기울인 듯하다. 무림맹이 성을 빼앗으려 한다는 것에 발 끈한 모습이 일견 귀여웠다.

소운은 웃으며 부드럽게 말했다.

"흥분하지 마. 그들과 대대적으로 싸울 필요는 전혀 없으 니까. 어쨌든 그날 중원의 무인들 중 뛰어난 자는 대부분 모

일 테니까, 내가 진정한 무위를 드러내어 그들의 기운을 완전
하게 꺾어놓을게. 두 번 다시 딴마음을 먹지 못하게 말이야.”
　“그게 좋겠어요.”
　공손설은 활짝 웃었다. 그리고는 신이 난 표정으로 말을 이
었다.
　“그날 사형께서는 사부님의 뒤를 이어 천마로 불리게 될
거예요. 이대에 걸쳐 천마가 탄생하다니, 이건 정말 대단한
일이에요.”
　“응, 이번에 확실하게 중원에 뿌리를 내려 보이겠어.”
　“예, 그런데 혈불은 어떻게 하실 거예요?”
　“혈불?”
　“그자가 또 중원으로 들어올지도 모르잖아요.”
　“혈불은 올 거야. 그때 십년지약을 했으니까, 꼭 오겠지.”
　소운은 공손설에게 의미심장한 웃음을 지어 보였다. 그리
고는 나직하면서도 힘있는 목소리로 말했다.
　“그리고 그자는 두 번 다시 서장으로 돌아가지 못할 거야.”
　왠지 모르게 믿음직한 소운의 말에 공손설은 자신도 모르
게 고개를 끄덕였다. 강한 것이 곧 신앙의 대상인 천마신교의
관습으로 볼 때, 공손설에게 있어 소운은 애정의 대상임과 동
시에 살아 있는 신과 같이 자리를 잡고 있었다.
　곧 공손설은 소운이 시키는 대로 일을 처리하기 시작했다.

아직 소운이 돌아온 것은 모든 사람들에게 비밀로 했다. 장로들은 물론이고 그의 하녀들에게도 알리지 않았다.

어차피 공손설도 폐관을 선언한 상황이었기에 아무도 의심을 하지 않았다.

소운은 공손설의 방 안에서 지내면서 거의 하루 종일 명상에 잠겼다. 그리고 명상에서 깨어나면 붓을 들고 서책에 무엇인가를 적었다.

아직 얻은 것을 완벽하게 소화한 것은 아니다. 무혼천마가 평생을 쌓아 올린 무공은 깊이도 깊이지만 양적으로도 방대했다. 소운은 그걸 정리해서 몇 개의 무공으로 나누고 있었다. 다른 사람에게 전할 수 있는 것은 전하기로 했다. 그리고 수준이 높아 글로 전하기 어려운 것은 따로 방법을 강구해야 했다.

무혼천마가 남긴 무공 중에는 정파에 어울릴 만한 것들도 많았다. 원래 무혼천마는 정파, 그것도 소림과 개방이라는 핵심정파의 공동제자였는데 소운은 그 부분의 무공을 다시 정파로 되돌리려고 마음먹었다.

소운은 그걸 냉정하게 분류하여 천마신교에 어울리는 것과 정파에 어울리는 것으로 분류하였다. 그리고 천마신교에 어울리는 무공들은 살짝 조작을 하여 은밀한 중독성을 심어넣었다. 원래 천마신교의 무공은 사람의 마음을 격하게 하는 성질이 조금 있었는데, 그걸 무공에 대한 중독성으로 바꾼 것이다.

"이렇게 해놓으면 이걸 익히는 놈들은 점점 세상일에 관심을 끊고 무공만 파게 되겠지. 적어도 초절정의 경지에 오르지 않고는 벗어나기 어려울 거다."

무공 구결에 뜻을 심어놓았다. 중독성은 더욱 강해지고 일단 무공을 익히기 시작하면 계속해서 더 강한 무공을 얻으려 할 것이다. 일신의 쾌락 따위는 무공의 성취에서 얻는 지극의 즐거움에 비하면 좁쌀보다도 못하게 느껴진 터이다.

이제 천마신교의 무공을 익히는 사람들은 누구보다도 강해지게 된다. 같은 무공 수준이라도 이런 중독성을 가진 무공을 익히면 남들이 놀 때에도 쉬지 않고 수련을 하게 되니 어찌 강해지지 않을 수 있겠는가?

하지만 이들은 강해지면 강해질수록 외부의 일에 관심을 끊게 된다. 결국 천마신교는 무너지기 어려운 세력이 되지만 쓸데없는 피를 부르지는 않을 것이다.

"오히려 전쟁을 일으키는 것은 정파의 사람들이 되겠지. 그들이 자만하고 피를 두려워하지 않게 되면 피바람이 일어난다. 대의 앞에 개인의 희생을 당연하다고 생각하는 순간 말이야."

소운은 그걸 막고 싶었다. 강력한 적이 항상 웅크리고 있다면 정파의 사람들은 쉬지 않고 노력할 것이다.

"무엇보다 중원의 무공 수준이 전체적으로 발전하는 것은 틀림없다."

소운은 자신이 정리할 마지막 무공이었던 대정태극검해를 완성하며 중얼거렸다.

이걸로 천마신교에 남길 열여섯 권의 무공 비급과 정파에 전해줄 스물여덟 권, 그리고 따로 숨겨놓을 일곱 권을 모두 완성했다. 거의 속필로 쉬지 않고 무공을 정리했더니 필체에 조금 문제가 있었지만 읽는 데에는 지장이 없었다.

소운이 붓을 놓고 자리에서 일어나자 옆방에 있던 공손설이 기척을 느끼고 물었다.

"사형, 끝내셨어요?"

"응. 사매, 여기 비급들 중 세 권은 여성을 위한 것이니 사매가 가지고 있어."

"그런 것도 있나요? 환락전주가 좋아하겠네요."

공손설은 소운이 따로 챙겨둔 비급을 웃으면서 받아 들었다. 왠지 모르게 소운으로부터 선물을 받는 기분이었다. 소운은 다시 품속에서 하나의 조각상을 꺼내 들었다. 바로 혈뇌음사에서 가져온 혈불상이었다. 그것은 여전히 엄청난 귀기를 뿜어대고 있었다. 단지 소운의 품속에서는 힘을 쓰지 못하고 있었을 뿐이다.

“이것은?”

“혈뇌음사의 조사가 남긴 것이지. 이 안에는 그자의 깨달음이 담겨 있어.”

“아! 그런 것도 얻으셨군요!”

“응, 사매는 지금부터 이걸 익히는 것이 좋겠어. 여기 이 비급을 먼저 보고, 그다음에 상을 연구해야 해. 안 그러면 혈불상에 담긴 귀기에 영향을 받게 되니까 말이야.”

소운이 같이 내민 책자에는 바로 서장 정신 무학의 핵심이라 할 수 있는 경혼과 진혼의 진언에 대한 구결이 적혀 있었다. 그리고 혈불상 자체에는 소운이 따로 심혈을 기울여 기운을 심었다. 그것은 아주 오랫동안 천천히 진동을 하게 된다. 심장이 뛰는 것처럼 진동을 하며 공손설이 이 혈불상에서 무엇인가를 얻는 데 도움을 줄 것이다.

공손설은 소운의 설명을 들으면서 혈불상을 받아 들었다. 과연 소운의 설명대로 혈불상의 내부에서 두근거리는 기운이 느껴졌다.

“물체에 힘을 실어 따로 보관할 수 있다니, 이런 것이 가능했군요.”

“그걸 사매가 느껴야 할 거야. 내가 보기에 무음할공대 역시 스스로 움직일 수 있어. 다시 말해서 유혼천마도 그런 류의 깨달음을 얻었던 거야.”

"그렇군요."

"응, 무음할공대는 단순한 병기가 아니야. 그걸 완전히 펼쳐서 하늘에 날리면 그 자체로 무서운 기관진학이 될 수 있어. 마치 용이 하늘을 날며 비를 뿌리는 것처럼 아래에 있는 모든 것에 영향을 끼치게 되는 거지. 그러면 사매는 그 안에서 싸우는 거야. 무음할공대의 기운이 미치는 공간은 모두 사매의 것이나 다름없게 되니 거의 무적이라 할 수 있지."

소운은 유혼천마의 무공에 대해 공손설에게 자세히 설명해 주었다. 그 자신이 더 높은 경지에 도달하니 유혼천마의 무공에 대해 모든 것을 이해할 수 있게 되었다. 공손설은 그녀가 상상했던 것 이상으로 강한 유혼천마의 경지에 놀랐다.

"여성으로서 천마가 되었다는 게 얼마나 어려운 일인지 이번에 알았어. 내가 보기에 유혼천마의 무공은 초대 무혼천마 다음으로 높았던 거야."

소운의 설명에 공손설은 납득했다는 듯 고개를 끄덕였다. 그리고는 결심했다는 표정으로 말했다.

"그럼 먼저 유혼천마께서 남기신 무공을 완성시켜야겠군요. 그걸 저의 방식대로 쓸 수 있으면 다시 사형과 무공에 대해 논할 수 있겠지요."

"응, 사매라면 가능할 거야."

소운은 공손설의 말에 부정을 하지 않았다. 이미 끝이 없는 경지에 오른 그였지만 굳이 그걸 공손설에게 설명할 필요는 없었다.

어쨌거나 공적인 일을 모두 끝내니 소운은 마음의 여유가 생겼다. 이제는 사매와 노닥거리고 놀고 싶은 생각이 들었다. 소운은 은근한 목소리로 공손설에게 말했다.

"그럼 이제 남은 것은 무황성의 개성일을 기다리는 것뿐인가?"

소운의 말은 이제 둘 다 할 일이 없으니 이야기라도 하면서 단둘의 시간을 지내자는 뜻이었다. 공손설이 미소를 지으면서 자신의 어깨를 한 손으로 살짝 짚자 소운은 사매도 자신의 의도를 알았다고 생각했다.

반면 공손설은 환한 웃음을 지으며 고개를 끄덕였다. 아마 사형은 이 비급들을 정리하느라 꽤나 힘들었을 것이다. 그러고 보니 도착한 후 거의 쉬지도 못하고 곧바로 일 처리를 시작했었다.

모처럼 사형이 챙겨준 비급이 있으니 한시라도 빨리 익혀서 그를 기쁘게 해주어야겠다는 마음도 들었다. 그녀는 충분히 이해한다는 듯 한 손을 소운의 어깨에 대고 다정하게 말했다.

"그래요. 사형께서는 조금 쉬세요. 저는 일단 이 비급을 봐야겠어요."

　공손설은 진언경에 크게 관심이 이는 듯 책자를 들고 방으로 돌아가 버렸다. 소운은 잠시 그녀에게 비급을 먼저 준 것을 후회했다.

第六章

# 무황재전(武皇祭典)

이곳은 천하제일인의 거처다

南斗延壽保爾時老君告天師曰
天八會之真文三洞三清之上
稟道元始天尊昔經歷于億萬劫天地始修

太上說南斗延壽保爾

安真經太上說南斗
此經乃九天八
興衰而人倫五運遷變萬彙

# 무황재전(武皇祭典)

이곳은 천하제일인의 거처다.
나보다 강한 자는 없다

마양평야의 결전 이후에 무림인들이 가장 많이 모인 날이 바로 오늘이다. 소운은 무황성으로 몰려드는 사람들을 보고 그렇게 생각했다.

"사제가 일을 잘 처리했군."

무림맹의 사람들은 얼핏 보면 마구 모여드는 것 같지만 사실은 서로 가까운 지역에 있는 사람들끼리 모여 만약의 경우 진형을 형성할 수 있도록 대비를 하고 있었다. 그걸 보면 서문량이 이미 이곳에 모이는 사람들의 조직화를 끝냈다는 걸 알 수 있었다.

한편 무황성 안에 있는 천마신교의 무리들도 장로들이 배정시킨 대로 치밀한 구성으로 만반의 준비를 한 상태였다.

마양평야에서는 서로 편을 나누어 대치하고 있었지만 이곳은 훨씬 좁은 공간이니만큼 자칫 잘못하면 어이없게 싸움이 시작되고, 그렇게 되면 바로 난전으로 이어질 가능성이 높았다. 소운은 그걸 원하지 않았다. 그걸 막기 위해서는 철저한 조직화로 인해 돌발적인 개인 행동을 막아야 하는 것이다.

겉으로는 화려하게 치장된 개성 의식이지만 뒤로는 피의 냄새와 전장의 긴장감이 깔려 있다. 사람들은 결코 즐거워 보이지 않았고 극도로 긴장한 상태임에 틀림없다.

단지 서로가 자신들의 우위를 자신하고 있기에 쓸데없이 소란을 피우려 하지는 않았다.

"이제 시작이다."

소운은 멀리서 공손설이 손짓으로 명령을 하는 것을 보고 고개를 끄덕였다. 표면적으로 이 개성일을 주관하는 것은 공손설로 되어 있는 것이다. 아직까지도 소운이 이곳에 있는 것을 아는 사람은 없다.

특이하게도 무황성의 개성 선언은 그날 오후가 될 때까지 이루어지지 않았다. 아침부터 기다리던 사람들은 어찌 된 일인가 하고 신경을 곤두세웠다.

그러나 천마신교 쪽에서는 태연하게 말했다. 그들은 원래

불을 신성시 하는 전통이 있는데 낮에는 큰불을 피우기가 그러니 저녁에 제전을 시작한다는 것이다.

중원의 무인들은 눈살을 찌푸리며 불만을 말했지만 딱히 크게 화를 내지는 않았다. 남이 개성을 밤에 하든 낮에 하든 구태여 간섭하기도 그랬다.

둥둥둥.

해가 서쪽으로 기울어 하늘이 점점 어둑어둑해질 때, 마침내 북이 울리며 사방에 있는 화로에 불이 붙여졌다.

무림인들은 신중하게 그 화로에서 나오는 연기에 독이 들어 있나를 살폈다. 그러나 정말로 아무런 장치도 없는 불이었다. 그러는 사이 무황성의 내부로부터 천마신교의 무리들이 나타났다. 무림맹 사람들의 시선이 모두 그들에게로 쏠렸다.

공손설은 수십 마리의 말들이 끄는 이동형 비무대의 위에 서 있었는데, 그녀는 처음부터 작정을 한 듯 전신에서 무서울 정도로 날카로운 기세를 뿜어대고 있었다. 고수라면 그녀의 기세가 어느 정도 힘을 지니고 있는지를 한눈에 알아볼 수 있을 정도였다. 바로 초절정고수의 기운이었다.

"으음, 저럴 수가……."

무림맹의 장로들은 공손설의 신위에 자신도 모르게 신음성을 흘렸다. 지금 무림맹에는 공손설과 일 대 일로 싸울 만한 사람이 없는 것이다. 그러나 그들은 곧 서로 눈짓을 교환

했다. 그리고 작은 목소리로 즉석 대책 회의를 시작했다.

"누구일 것 같소?"

"아마 빙옥마봉일 것입니다. 천마의 제자라더니 놀라운 무공을 지녔군요."

"으음, 예상외로군. 상대할 방법은 있겠소?"

"빙옥마봉이면 나이가 많지 않으니 경지에 도달했다고 해도 그리 오래되지는 않았을 것이오."

"실전 경험도 그다지 많지 않겠지요."

"그럼 난전으로 끌고 가면 되겠구려. 어차피 일 대 일로는 힘드니 협공합시다."

"다섯 명 정도면 충분히 이길 수 있지 않겠소?"

"세 명이면 충분할 것이오. 하지만 그래도 만약의 경우가 있으니 일단 다섯 명을 정하고, 두 사람은 여차하면 지원하게 합시다."

"그게 좋겠구려. 그럼 누가 손을 쓰겠소?"

"……."

"왜들 대답이 없소?"

아무리 협공을 한다고 해도 초절정고수를 상대하면 사상자가 나올 가능성이 있다. 사람들은 이긴 싸움에서 살아남아 영광을 얻고 싶었지 죽은 영웅이 될 생각은 없었다.

그때 서문량이 나서서 말했다.

"제가 정하는 게 좋겠습니다."

"오, 천문기사께서 정하신다면 아무도 이의를 말하지 않을 것이오."

"단, 일단 부탁을 드리면 거부하실 수 없습니다. 미리 약속해 주십시오."

"커험, 그럽시다."

어차피 누군가는 가야 한다. 사람들은 자신들이 지적을 당하기를 원치 않았지만 이 상황에서 나는 빠지고 싶소라고는 말하지 못했다.

회의를 하는 사람들 중 초절정의 벽에 도달하지 못한 사람은 서문량뿐이고, 그는 과거 쌍성이 정한 무림맹의 군사이니 지적할 자격이 있다. 단지 지적당한 사람이 서문량에게 약간의 감정을 가지게 될 것이다. 욕을 먹는 일은 바로 군사가 할 일 중 하나인 것이다.

서문량은 이런 상황을 이미 예측하고 있었다. 그래서 지적할 사람도 다 선출해 왔다.

"그럼 공동파의 능허 대사님, 팽씨세가의 팽문도 대협, 언씨세가의 언영 대협, 점창파의 사문호 대협, 모산파의 조청 도사님께서 수고를 해주시지요."

"허헛, 내가?"

"크허험, 알겠소이다."

이름이 지목될 때마다 사람들의 안색이 변했다.

다섯 명이 결정되자 나머지 사람은 다행이라는 표정이었고, 다섯 사람은 배신을 당한 듯한 눈빛으로 서문량을 쳐다보았다. 그러나 이미 정해진 이상 발뺌을 할 수도 없다. 이들도 모두 무공을 닦은 무인이라 일단 싸우겠다고 마음을 먹자 공손설을 바라보며 투지를 일깨웠다.

서문량은 그걸 보며 속으로 웃었다.

'지목당하지 않으면 절대로 앞에서 싸우지 않을 사람들이 바로 당신들이지. 다른 사람들은 그래도 싸움이 벌어지면 최소한의 책임을 질 것 같지만 그대들은 아니란 말이오. 이 기회에 긴장 좀 하시오.'

그때, 드디어 이동 비무대가 대전 중앙에 자리를 잡고 멈췄다. 그러자 가운데에 서 있던 공손설이 사방을 향해 예를 취하며 낭랑한 목소리로 외쳤다.

"아직 정식으로 무황성이 열리지는 않았습니다. 일단 무황성이 열리면 그 어떤 분쟁도 무황성 내에서는 일어나지 않아야 합니다. 그러니 이 자리에 모이신 여러분들께서 모두 이 일에 동의를 하셔야만 무황성이 열릴 것입니다."

웅성웅성.

사람들은 놀란 눈으로 서로를 보았다. 공손설이 주장하는 내용은 바로 무당파의 해검지와 같은 전통을 만들자는 것이 아닌가? 무황성 내에서 모든 싸움이 금지된다면 그야말로 무황성은 무림의 성지가 되는 셈이다. 전쟁을 준비하고 나온 사람들에게는 조금 황당한 이야기이지만 쉽게 무시할 수도 없었다.

사람들의 웅성거림이 잦아들자 공손설이 말을 계속했다.

"저는 천마의 제자로서 천마신교의 전통에 따라 실력을 입증받고 싶습니다. 제 사형인 청염마조는 무림을 돌아다니며 비무를 했지만 저는 여자라서 그것도 여의치 않았습니다. 그런데 이왕 여러분들께서 모이셨으니 무황성이 열리기 전에 저와 비무를 해주시기를 청합니다."

"아! 빙옥마봉이 공개 비무를?"

사람들이 놀라서 외쳤다. 갑자기 말이 바뀌었지만 아무도 그걸 뭐라고 하지는 않았다. 소문으로만 듣던 무림삼봉 중 하나인 빙옥마봉, 그녀가 이렇게 많은 무림인들이 모인 가운데에서 비무를 요청하는 것이다.

그리고 몇몇 사람들은 공손설의 말에 담긴 진의를 알아차렸다.

무황성의 권위를 세우기 위해 공손설이 나섰다. 천마도 아닌 천마의 제자가 비무에서 큰 위상을 떨치고 그 뒤에 무황성 내의 금투법규를 주장한다면 쉽게 반대하지 못할 것이다.

이건 좋지 않다. 사람들은 그렇게 생각했다. 지금 일 대 일로 공손설과 비무를 해서 이길 수 있는 사람은 무림맹에 없는 것이다. 그렇다고 해서 아무도 나가지 않으면 그건 너무나도 큰 수치가 된다. 상대는 천마도 아닌 천마의 마지막 여제자에 불과하다.

그런데 다음에 빙옥마봉의 행동은 사람들의 그런 예상마저도 뛰어넘었다.

공손설은 그녀는 허리에 두른 무음할공대를 풀어 하늘을 향해 살짝 던졌다. 그러자 무음할공대가 넓은 천막처럼 활짝 퍼졌는데, 그 상태로 땅으로 떨어지지 않고 구름처럼 떠 있었다.

사람들의 시선이 무음할공대로 향했다. 그때 공손설이 말했다.

"인원수는 제한하지 않겠습니다. 제 무공에 관심이 있으신 분께서는 비무대 위로 올라오셔서 손을 쓰시기 바랍니다."

"응? 일 대 일 비무가 아닌 것인가!"

누군가가 외치자 공손설은 차갑게 웃으며 다시 말했다.

"최소한 다섯 분이 협공을 하셔야 저를 감당하실 수 있을 겁니다."

여자답지 않게 딱딱 끊어지는 말투는 강력한 도발의 효과가 있었다. 하물며 다른 사람들을 오합지졸로 여기는 내용이라 그 자리에 있던 무림맹 사람들을 더할 나위 없이 분노하게 했다.

"허허허, 최소한 다섯 사람이라고?"

"연수합공 비무를 하겠다니, 그것도 상대의 제한을 두지 않고!"

한 마디로 무림맹에서 가장 강한 사람 다섯 명과 싸워도 이길 수 있다는 뜻이다. 사람들은 공손설의 선언을 듣자 하나같이 이를 갈았다.

휘익.

바람을 가르는 소리와 함께 한 사람이 비무대 위로 뛰어올라 왔다. 신형에 잔상이 남을 정도로 빠른 몸놀림으로 보아 범상한 고수는 아니었다. 공손설이 보니 턱에 털이 고슴도치처럼 나고 몸집이 보통 사람의 두 배는 큰 전형적인 산적형 장한이었다. 그자는 비무대 위로 올라오자마자 칼을 뽑아 들고 외쳤다.

"난 철상도 문쾌다. 요녀! 내 도를 받아봐라!"

거친 말투, 그러나 공손설은 여유있게 포권을 취하며 답했다.

"절강의 제일도라는 문쾌 대협이시군요. 명성은 익히 들었습니다."

올라와서 덤비는 자를 막을 생각은 없었다. 곧 두 사람은 손을 쓰기 시작했다.

철상도 문쾌는 단독으로 비무대에 올라온 만큼 뛰어난 실력을 지니고 있었다. 그가 도를 휘두를 때마다 바람이 먼저 일고 도기가 사방으로 퍼졌다.

이에 공손설은 적당히 상대할 생각을 버리고 손을 흔들어 하늘에 떠 있는 무음할공대를 조종했다. 그러자 무음할공대가 하늘로부터 가늘게 꼬여 창처럼 변해 땅으로 내리꽂혔다.

쒜엑.

"아니!"

문쾌는 머리 위로부터 느껴지는 기세에 놀라 급히 몸을 옆으로 날렸다. 펑 하는 소리와 함께 그가 있던 곳에 무음할공대가 꽂혔다. 그런데 그것은 땅에 꽂히자마자 팍 하고 퍼지며 얇은 천의 면이 도처럼 변해 피한 문쾌를 쫓았다.

문쾌는 다시 몸을 날려 피했다. 그런데 피하다 보니 어느새 그와 공손설 사이에는 무음할공대가 겹겹이 쳐진 상태가 되었다. 이래서야 문쾌는 아예 공손설을 공격조차 할 수 없다.

"에잇."

문쾌는 이를 악물고 자신의 도를 두 손으로 쥐고 전력으로 무음할공대를 쳤다. 적의 병기가 머금은 녹색의 강기가 마음에 걸리기는 했지만 그를 핍박하는 것은 결국 얇은 천 한 장이 아닌가? 전력으로 부딪쳐 무음할공대의 흐름을 끊으면 승기를 잡을 수 있으리라 판단했다.

캉.

"크윽, 이럴 수가."

문쾌가 입에서 피를 뿜으며 뒤로 튕겼다. 그의 도는 태반이
나 잘려나가 있었다. 그나마 그의 도기가 무서웠기에 무음할
공대의 강기로부터 몸을 보호할 수 있었다.

강기의 일격을 피하지 않고 막아낸 것으로 그가 얼마나 강
한가를 증명해 보인 셈이다. 그러나 일단 강기에 정면으로 맞
선 이상, 버틸 수는 없었다. 강기의 반탄력에 이미 내상을 입
었다.

문쾌는 비틀거리며 비무대에서 내려왔다. 사오초도 제대
로 버티지 못한 것이다.

공손설은 다시 사방을 향해 포권을 취하며 말했다.

"문쾌 대협께서는 범상치 않은 무공을 지녔지만 아쉽게도
강기를 상대해 본 적이 없는 모양입니다. 또다시 제 무공을
시험해 보실 분이 계신가요?"

"……."

이번에는 아무도 올라오지 않았다. 공손설이 초절정고수
이고, 그 경지가 결코 만만치 않다는 것을 모든 사람이 뼈저
리게 느꼈다. 이제 사람들의 시선은 무림맹의 수뇌부가 모여
있는 곳으로 집중되었다. 그곳에서 어떤 결단을 내릴 것으로
생각했다.

"어떻게 하면 좋겠소?"

무림맹의 장로들은 서문량에게 물었다. 공손설의 무위를 눈으로 직접 보니 이게 보통 일이 아니란 생각이 들었다. 철상도 문쾌는 그들에 비해 별로 떨어지지 않는 명성을 지니고 있는 자, 그가 저렇게 맥없이 패한다면 그들 역시 승산이 없었다.

그러나 서문량은 오히려 잘되었다는 듯 미소를 지으며 말했다.

"확실히 빙옥마봉이 저런 무공을 지녔다는 것은 예상외입니다. 그러나 천마신교가 그녀를 이용해 우리 중원의 무림인들을 조롱하려 한 것이라면 큰 실수입니다."

"그게 무슨 뜻이오?"

"저들은 우리가 혈장천마의 죽음을 알고 있다고는 꿈에도 생각지 못한 것입니다. 그렇기에 자신들이 가진 최고의 패를 먼저 꺼내 보였습니다. 그러니 오히려 잘되었다고 할 수 있습니다."

"오호, 과연 군사의 말씀이 옳소. 그럼 이제 어떻게 해야 할 것 같소?"

"간단합니다. 그녀가 원하는 대로 이쪽에서 가장 강한 다섯 명의 고수를 내보내면 됩니다. 그래서 그녀를 제압한 후, 혈장천마의 죽음을 밝히는 것입니다."

"그렇군!"

사람들은 서문량의 말에서 이게 얼마나 자신들에게 잘된 일이라는 것을 깨달았다.

원래대로라면 공손설 같은 고수는 뒤에 있다가 싸움이 시작되면 가장 중요한 곳에서 싸워야 한다. 일단 공손설이 움직일 때에는 그녀의 주변에 상당한 고수가 따라다니며 호위를 서게 될 것이고, 그럴 경우 아무도 그녀를 막을 수 없게 될 것이다.

싸움이 끝날 때까지 그녀에게 얼마나 많은 무림맹의 무인들이 죽거나 다칠지 상상하기도 힘들었다.

그런데 공손설은 지금 홀로 비무대 위에 서 있다. 그리고 스스로 연수합공을 허용했다. 이건 일종의 허장성세나 다름없는 무리수이다. 다시 말해서 혈장천마의 죽음을 숨긴 채 무황성을 열기 위해 억지를 부리는 것이다.

사람들이 상황을 이해한 듯하자 서문량은 말했다.

"일단 비무가 시작되면 절대 빙옥마봉을 놓치면 안 됩니다. 그러기 위해서는 여러분들께서는 잠시 개인의 체면을 버리시고 철저하게 손발을 맞추어 합공을 해야 합니다."

"그야 이를 말이겠소? 허허허. 본 장로가 오랜만에 손을 써 보겠군."

공동파의 능허 대사가 수염을 쓰다듬으며 자리에서 일어

났다. 그는 방금 전에 서문량에게 거명된 공손설을 상대할 다섯 명의 고수 중 하나였다. 방금 전까지는 그 사실을 못마땅하게 생각했지만 지금은 반대였다.

위험하기는 하지만 그만큼 얻는 것이 크다! 세 명이 아닌 다섯 명이라면 충분히 공손설을 제압할 수 있으리라.

적의 초절정고수를 상대해서 제압했다는 것은 최고의 수훈이라 할 수 있다. 그리고 분명히 공손설은 무림맹에서 가장 강한 다섯 명에게 도전을 했다.

거기에 대응해 나서는 것이니 사람들은 능허 대사를 무림맹에서 가장 강한 고수들 중 한 명으로 생각할 것이 틀림없다. 이는 차후 공동파가 무림에서 더욱 큰 명성을 얻게 하는 계기가 될 게 틀림없다.

먼저 서문량에게 지명을 당한 다른 네 명의 장로도 그런 생각을 했는지 웃으면서 일어나 싸울 준비를 했다. 그런데 서문량이 급히 일어나 그들을 제지했다.

"잠깐, 서두를 필요는 없습니다."

"또 무슨 계획이 있소이까?"

능허 대사는 혹시라도 서문량이 공손설의 약점이라도 알지 않을까 생각하며 눈치를 보았다. 하지만 서문량은 슬쩍 시선을 움직여 다른 사람들을 보며 말했다.

"사람을 다시 선출하는 게 좋겠습니다."

"아니! 그게 무슨 소리오?"

팽가의 팽문도 장로가 화난 표정으로 물었다. 사람을 다시 뽑자니? 그 말의 의미를 모를 수는 없다.

서문량은 고개를 숙여 일어서 있던 다섯 장로에게 사과했다.

"원래 제가 처음 사람을 뽑을 때에는 빙옥마봉을 꼭 제거해야 한다는 생각보다는 최대한 이쪽의 피해가 없이 그녀를 막을 생각이었습니다. 그래서 가능한 한 공격보다는 수비에 능하신 분들을 지정한 것이지요. 그러나 지금 빙옥마봉과 싸울 사람은 수비가 아닌 공격에 조금 더 무게를 두어야 합니다. 가능한 한 확실하게 빙옥마봉을 제압하기 위해서는 그게 최선이지요. 그러니 다섯 분께서는 양보를 해주시기 바랍니다."

무공의 강약이 아니라 특성에 따른 선출이라는 서문량의 주장은 다른 사람들에겐 상당히 그럴듯해 보였다. 그들이 보기에도 지금 일어나 있는 사람들은 별로 평소에도 적극적이지 못하지만 자신의 안위에 대해서는 지대한 능력을 보였던 자들이다. 이런 성격이 무공에도 배어 있다고 봐도 되리라.

그러나 정작 본인들은 서문량의 말을 더할 나위 없는 수치로 여겼다. 그들은 하나같이 얼굴이 붉으락푸르락해졌다. 그나마 이성과 체면을 중시하는 능허 대사가 한탄을 하며 말했다.

"허, 군사께서 우리를 무시하시는구려. 우리 공동의 무공은 결코 수비에 치중되어 있지 않소."

"맞는 소리. 세상에 어떤 사람이 팽가의 도가 공격에 적합하지 못하다고 할 수 있겠는가!"

강호에서 무식하고 거칠기로 유명한 무공 중 하나가 바로 팽가의 도법이다. 그걸 수비용이라고 말하니 그야말로 조롱을 당한 기분이리라.

다른 사람들도 마찬가지로 화를 냈다. 그들은 하나같이 서문량이 무공이 없어 잘못 판단한 것이라고 말했다.

그러나 서문량은 여전히 태연하게 고개를 저으며 답했다.

"제 생각으로는 화산파의 매산비천 초산 대협과……."

"그만, 빙옥마봉은 우리가 상대하겠소!"

팽문도가 소리를 질렀다. 더 이상 말을 하면 원수로 여기겠다는 눈빛이었다. 그러나 서문량은 포기하지 않고 제삼 허리를 굽히며 사정하듯 말했다.

"이건 더할 나위 없이 중요한 일이니 개인의 자존심보다는 냉정한 판단이 필요할 것입니다."

"군사께서 우리를 이렇게까지 무시할 줄이야……."

이미 그들은 더 이상 서문량을 군사로 인정하지 않겠다는 표정이었다. 팽문도는 칼을 뽑아 땅을 한 번 그었다.

"본인은 나가겠소. 만약 본인을 대신해서 싸우겠다는 분은 앞으로 나서시오!"

이제는 서문량이 아닌 장로들과 결판을 내겠다는 소리. 다른 장로들은 한숨을 내쉬면서도 아무도 나서지 않았다. 팽씨세가의 원수가 되고 싶은 마음은 추호도 없는 그들이었다.

팽문도는 그런 사람들을 보며 약간은 분이 풀린 듯 코웃음을 치며 말했다.

"흥, 이제 결정이 되었군. 그럼 이제 나가겠……."

그때 서문량이 팽문도의 말을 끊으며 허리에 차고 있던 하나의 지팡이를 꺼냈다.

"잠깐, 이걸 봐주십시오."

"그것은 개성의 청죽장!"

"개성과 검성께서 저를 무림맹의 군사로 임명하시면서 결정적인 순간에 제 의견이 장로님들과 어긋날 경우에 이걸 쓰라고 하셨습니다. 그때 여러분들께서도 같이 계셨으니 기억하실 것입니다."

"그, 그건……."

분명이 모든 장로들이 그 자리에 있었다. 그리고 그들은 개성의 청죽장이 나타나면 세 번까지는 서문량의 어떤 계획에도 무조건 따르고 절대 반대를 하지 않겠다고 약속한 바 있다. 팽문도도 그때 팽씨세가의 자존심을 걸고 약속했다. 그런데 서문량이 결정적인 순간에 이걸 꺼낸 것이다.

"크으으, 서문량. 그대가 이렇게까지 우릴 막으려 하다니……."

팽문도는 이를 갈며 서문량을 노려보았다. 이제는 서문량을 군사라고 부르지도 않았다. 한 말이 있으니 더 이상 자기가 나가겠다고 주장하지도 못했다.

서문량은 무서울 정도로 강렬한 팽문도의 살기를 애써 무시하며 말했다.

"저는 어차피 무황성의 일이 끝나면 무림맹의 군사 자리에서 물러날 생각입니다. 그리고 두 번 다시 무림의 일에 관여할 생각이 없습니다. 그런 만큼 이곳에서는 모든 인정을 버리고 가장 확실하게 일을 처리하고 싶습니다. 최선을 다하지 않으면 최선의 결과를 얻을 수 없습니다."

"크흐흐, 과연, 그대가 그런 생각이란 말이지… 크흐흐흐흐."

팽문도는 분노가 광기로 변해가는 듯 기묘한 웃음을 흘렸다. 그러면서 고개를 숙였다. 그는 속으로 결심했다.

'내 저놈이 무림맹의 군사 자리에서 물러나기만 하면 무슨 수를 써서든 죽이고야 말겠다. 우리 팽가를 이렇게 업신여기다니, 무림을 떠난다고 해서 살 수 있을 것 같으냐!'

다른 장로들도 비슷한 생각인 듯했다. 그런데 딱 한 사람은 그런 생각을 하지 않았다. 바로 공동파의 능허 대사였다. 그는 속으로 생각했다.

'여기서 물러나면 수치를 씻을 방법이 없다. 저놈을 쳐죽이면 오히려 불명예만 더할 뿐, 마교가 신강으로 물러나도 우리 공동파에 좋은 일은 하나도 일어나지 않을 것이다.'

능허 대사는 겉모양은 도를 추구하는 선인이지만 사실은 동전 한푼의 손익도 치밀하게 따지는 장사꾼이라 할 수 있었다. 그렇기에 그는 공동파를 대표하여 무림맹에 있는 것이다. 능허 대사는 결코 화를 내지 않았다. 화를 내면 손해라는 것을 그는 너무나도 잘 알고 있었다.

'나중에야 어떻게든 분풀이를 할 수 있다. 지금은 저놈을 설득해야 할 때다.'

능허 대사는 그렇게 판단하자 바로 안면의 표정을 바꾸었다. 그는 오히려 껄껄 웃으며 서문량에게 엄지손가락을 내밀었다.

"과연 쌍성이 추천한 군사답게 일 처리에 추호의 빈틈도 없으시구려. 이 능허는 감탄했소이다."

능허 대사가 이렇게 나오자 사람들은 의외라는 얼굴로 그를 보았다. 서문량도 공손하게 예를 취했다.

"대사께서 이해해 주시니 감사할 따름입니다. 그럼 새롭게 다섯 분을 선정하도록 하겠습니다."

그러나 능허 대사는 고개를 저었다.

"그건 다시 한 번 생각해 주시오. 우리 다섯 사람은 이미 지정이 되었는데 지금 와서 물러난다는 것은 문파의 체면에 크게 손상이 입는 일이오."

"그 점은 죄송하게 생각합니다."

"아니, 죄송으로 끝날 일이 아니오. 만약 꼭 군사께서 사람을 바꾸시겠다면 우리는 이 자리에 있을 면목도 없게 되오. 그러니 우리는 이만 이 자리에서 물러나게 해주시오."

능허 대사의 말에 사람들의 안색이 굳었다. 이들이 물러난다는 것은 바로 이들 다섯 문파와 세가의 사람들이 앞으로의 싸움에 참여하지 않겠다는 의미도 된다. 그러면 이곳에 온 무림맹의 전력 중 이 할에서 삼 할 정도가 줄어드는 셈이다.

아무리 이길 싸움이라고 해도 그렇게까지 마교의 힘이 약하지는 않다. 그리고 전체적으로 짜여진 작전 중 나름대로 중요한 부분을 맡은 자들이 다섯 곳이나 빠진다면 그야말로 큰일이 날 수 있다.

한마디로 능허 대사는 협박을 하고 있는 것이다. 서문량은 고개를 숙이고 대답을 하지 못했다. 그러자 능허 대사가 다시 말했다.

"아까 팽 장로도 말했듯이 군사께서는 무림인이 아니니 무공에 대한 견식도 한계가 있다고 보오. 누가 보더라도 우리 다섯 사람이 빙옥마봉을 제압하지 못하리라고는 생각지 않을 것이오."

"……."

"다른 분들의 의견은 어떻소? 초 장로께서 한 말씀 해주시오."

능허 대사는 화산파의 초산에게 물었다. 아까 서문량이 새롭게 지명하려 했던 사람인 만큼 초산의 지지를 얻는 것이 중요했다. 과연 초산은 능허 대사와 척을 지고 싶지 않았기에 순순히 동의를 했다.

"비록 빙옥마봉의 성취가 놀랍다고 하나, 다섯 분이라면 상대하고도 남음이 있을 것이오. 단지 절초를 아끼지 말아야 하니 이점을 어떻게 생각하시는지 모르겠구려."

"껄껄껄, 그야 이를 말이겠소? 대적을 상대하는 데 수를 아낄 수는 없는 법. 우리에게 맡기면 안심해도 될 것이오."

능허 대사는 어떠냐는 듯이 서문량을 보았다. 이제 그만 인정하고 우리를 내보내라는 의미였다. 그러나 서문량은 고개를 숙인 채 아무런 말도 하지 않았다. 생각에 잠겨 있는 듯도 했고, 그냥 능허 대사의 말을 무시하는 것 같기도 했다.

결국 옆에서 보고 있던 팽문도가 말했다.

"흥, 만약 빙옥마봉을 죽이지 못하면 모든 책임은 내가 지겠다. 그러니 나는 가겠다!"

이미 기호지세라, 능허 대사가 그렇게까지 말하고 서문량이 이제는 더 이상 말리지 않는 것을 보자 팽문도는 무조건 싸우기로 결심한 것이다. 다른 사람들도 심정적으로 팽문도와 같았기에 각자 무기를 들고 팽문도와 같이 비무대를 향해 걸어나갔다. 능허 대사도 더 이상 서문량을 상대하려 하지 않고 그들과 함께했다.

서문량은 그때까지도 고개를 숙인 채 가만히 서 있었다. 그때 초산이 와서 서문량에게 작은 목소리로 말했다.

"과연 군사의 의도대로 다섯 장로가 크게 투지를 불태우는군. 아마 저들은 필사적으로 싸울 것이네."

초산은 서문량이 일부러 그들을 자극했다고 생각했다. 그렇지 않다면 이렇게까지 말릴 필요가 없다. 이제 빙옥마봉과 싸우는 다섯 사람은 처음부터 자파무공의 최고급 절초를 아낌없이 사용할 것이다. 고수를 상대로 필승을 하려면 정말로 전력으로 손을 써야 하는 것이다.

그런데 서문량는 초산의 그런 말에 한숨을 내쉬며 고개를 저었다.

"초 장로님께서 오해하셨습니다. 저는 정말로 저분들로는 힘들다고 생각해서 말린 것입니다. 그렇지 않다면 어찌 청죽장까지 꺼냈겠습니까?"

초산의 안색이 굳었다.

"정말 그렇게 생각하오?"

"제가 그동안 조사한 바에 의하면 저분들은 명성을 얻은 이후 한 번도 위기를 겪은 적이 없습니다. 목숨을 걸고 싸운 적이 없다는 뜻입니다. 그렇다면 정말 위험한 순간이 되면 순간적으로 결단력이 약해질 가능성이 큽니다. 몸을 버리고 승리를 얻기보다는 일단 위험을 피하려는 움직임이 더 강하기 쉽지요. 버티는 데에는 그게 오히려 좋지만, 반대로 이런 경우에는 문제가 큽니다."

서문량의 말에는 한 치의 틀림도 없었다. 초산은 굳은 얼굴로 비무대 위로 올라간 다섯 사람을 보았다. 듣고 보니 그가 생각하기에도 서문량의 말대로 될 가능성이 없지 않아 보였다.

서문량은 다시 말했다.

"그래서 저는 원래 초 장로님을 비롯해 가장 척마멸사에 대한 의지가 단호한 분들을 지목하고 싶었습니다. 이렇게 말씀드리기는 뭐하지만 결정적인 순간에 스스로를 희생시켜서도 승리를 취할 수 있는 분이 나서야 된다고 생각했습니다. 제가 보기에 빙옥마봉은 결코 쉬운 상대가 아닙니다."

"으음……."

초산은 지금에서야 서문량의 진심을 알았다는 듯 신음성을 흘렸다. 초산뿐만이 아니다. 작은 목소리로 말을 했다고 해도 무림고수들이 못 들을 리는 없다. 뒤에 있던 다른 사람들도 모두 서문량의 말을 들었다. 그들은 자신도 모르게 침을 삼켰다.

사실 지금까지 서문량의 안목은 모든 사람들이 인정해 왔다. 무공을 제대로 익히지 않았다고 해서 다른 사람의 힘을 다르게 보는 일은 없었다. 그가 그렇다면 그럴 가능성이 높다.

서문량은 한숨을 쉬며 말했다.

"모사재인 재천명이라고 했습니다. 이렇게 된 이상 다섯 분을 믿을 수밖에 없겠지요. 하지만 청죽봉의 약속이 깨진 지금 이 순간부터 저는 무림맹의 군사라 할 수 없습니다. 이번 일이 끝나는 대로 은거하여 두 번 다시 무림에 나오지 않을 것입니다."

"군사!"

"제가 부족했을 뿐입니다. 죄송합니다."

초산이 부르는 소리에 서문량은 고개를 숙여 사과했다. 그 모습에 초산은 더 이상 서문량을 만류할 수 없었다.

서문량은 묵묵히 자리로 돌아가 앉았다. 이것으로 상황은 그의 손을 떠나 버렸다.

장로들은 찝찝한 표정으로 서문량을 살짝 보았지만 비무가 시작되려 하자 곧 시선을 그쪽으로 돌렸다. 어차피 여기서 이기면 서문량이 개입하지 않아도 모든 일이 잘될 터이니 그쪽에 관심이 집중될 수밖에 없었다. 마교를 물리치게 되면 더 이상 천문기사나 천외신무회가 필요하지 않게 되는 것이다.

서문량은 그런 분위기를 민감하게 느꼈다. 그러나 그는 모른 척하고 생각에 잠겼다.

'역시 생각대로다. 청죽봉의 권위나 자신들의 신의보다는 문파의 실익을 우선하는 자가 틀림없이 한 명은 있을 거라는 예상이 그대로 들어맞았다. 이것으로 나는 모든 책임에서 벗어난다. 오히려 저들은 이후 나와 천외신무회에 더욱 묶일 수밖에 없다.'

서문량은 계획대로 되어가는 것에 회심의 미소를 지으려 했다. 그러나 씁쓸한 기분이 들어 웃을 수가 없었다.

분명히 예상대로 약속을 무시하는 자가 나왔다. 이건 그 정도로 큰일이었기에 그러기가 쉽다고 생각하고 일을 진행했다. 그리고 한 명이라도 뻔뻔스럽게 나서서 수작을 부리는 사람이 있으면 다른 사람은 슬쩍 그것에 동조하게 된다. 그게 양심을 속이는 처세술인 것이다.

그것으로 서문량은 일의 성패로부터 손을 뗄 수 있게 된다. 그가 다시 무림맹의 군사가 된다면 그것은 이번 일이 끝난 이후가 될 터, 그때까지는 어떤 책임도 없는 것이다. 책임은 청죽봉의 맹약까지 무시하고 나선 다섯 사람이 지게 된다. 그들은 정말로 서문량에게 말려 스스로 무덤을 파게 되었다.

'차라리 그들이 청죽봉을 보고 순순히 물러섰다면 좋았을 것을…….'

서문량은 잠시 그렇게 생각했다. 그랬다면 소운과 미리 약속한 대로 무림맹의 체면이 어느 정도는 서는 방향으로 일이 진행되었을 것이다. 하지만 이제는…….

'되는 대로 두고 볼 수밖에 없겠지.'

서문량은 이미 지나간 일에 마음을 두는 사람이 아니다. 굉장히 냉정한 면이 있는 것이다. 그는 순간적으로 모든 감정을 정리하고 비무대 위에서 막 시작한 비무를 구경했다.

공손설은 그녀가 소운으로부터 들었던 사람들이 올라오자 속으로 다행이라는 생각을 했다. 이 일이 시작되기 전, 소운은 공손설에게 말했다.

"내가 처음 말한 자들이 비무대로 올라오면 그냥 무조건 싸워서 그들을 철저하게 이기면 돼. 간단하지. 하지만 만약 두 번째 말한 자들이 올라오면 내가 나타날 때까지 사매는 진정한 힘을 쓰지 마. 사매의 명성에 누가 되겠지만, 그들은 내가 처리할 테니까."

공손설은 순순히 소운의 말에 따르기로 했다. 이미 교주나 다름없는 소운의 말이기에 이런 공적인 음모에서 개인의 욕망을 앞세울 수는 없었다. 그러나 그녀는 지고 싶은 마음이 없었기에 소운이 처음 말해준 사람들이 나오기를 원했다. 그런데 정말로 소운이 처음 말해준 사람들이 비무대 위로 올라왔다.

"노도는 공동파의 능허라 하오. 이분들은 팽가의 팽문도 대협, 언씨세가의 언영 대협, 점창파의 사문호 대협, 모산파의 조청 도사이오. 빙옥마봉, 그대가 감히 작은 재주를 믿고 우리 무림맹을 굴욕시키려 하니 이 자리에서 여러 무인들을 대신해서 징벌을 내리겠소."

능허 대사가 소개를 할 때마다 다른 사람들도 크게 자신의 이름과 문파명을 외치며 무기를 들어 기세를 뽐었다. 마치 자신들이 무림맹에서 인정한 오대강자라는 듯한 태도였다.

사람들은 환성을 질렀다. 다섯 명이 올라오라고 해서 정말로 다섯 명이 올라간 것은 의외지만 이렇게 된 이상 패배는 없다고 생각했다. 그들은 무림맹의 수뇌들이 자존심을 잠시 접고 실리를 차리기로 했다고 믿었다.

그러나 공손설은 차갑게 웃었다. 그녀는 소운의 친절한 설명으로 내막을 다 들었기에 이들이 나온 이상 무림맹의 기강과 신의는 땅에 떨어진 것이라는 걸 알았다.

'그러니까 역시 사형의 말씀대로 무림맹은 이미 썩었다는

소리가 되는 거지.'

썩은 자들은 존재의 가치가 없다. 공손설은 속으로 그렇게 중얼거리며 두 손을 펼쳐 무음할공대를 다시 하늘로 날려 퍼뜨리며 외쳤다.

"언제든지 오세요."

"계집이 겁이 없군. 간다!"

팽문도가 소리를 지르며 허공에 몸을 날리며 연속으로 도를 세 번이나 휘둘렀다. 도기가 바람을 타고 공손설을 향해 일직선으로 날아갔다. 동시에 언영은 두 주먹에 검은 철장갑을 끼고 공손설의 뒤로 돌았다. 그사이 모산파의 조청은 두 개의 긴 채찍을 꺼내 하늘로 퍼져 올라간 무음할공대를 향해 뿌렸다. 상대의 무기를 감아 끊어버리는 것이 그의 특기인 만큼 같은 부드러운 무기인 무음할공대의 맥을 감아서 힘을 잃게 하려는 속셈이었다.

두 명이 공격을 하고, 한 명이 상대의 무기를 제압한다. 그리고 남은 두 명이 빈틈을 노리는 것은 바로 오행진도에 따른 연수합공진의 요결이다. 장로들은 과연 늙은 생강답게 단번에 능숙한 합공을 펼치는 것이다.

그러나 공손설의 무위는 그들이 상상한 이상이었다. 그녀는 소운으로부터 많은 가르침을 받았고, 이미 정신 무학의 요결까지 전수받은 상태였다. 그 위에 그녀는 이번 비무를 위해 더 많은 준비를 했다. 제전이 저녁때 시작된 것도 모두 공손설이 자신의 무공의 위력을 극대화시키기 위해서이다.

이번에 공손설은 무음할공대의 또 하나의 비밀을 풀었는데, 그것은 바로 무음할공대가 빛을 이용할 수 있을 정도로 얇다는 것이다. 그리고 이게 무공에 이용되면 낮보다는 밤이 몇 배나 위력이 강해진다. 바로 달과 별의 빛을 이용할 수 있게 되는 것이다.

"하압!"

공손설은 기합을 한번 크게 지르며 손을 크게 휘저었다. 그러자 무음할공대는 더욱 활짝 퍼져 하늘을 넓게 가렸다. 얇은 천은 달과 별의 빛을 그대로 투과하였다. 반투명한 천이 하늘을 덮고 파도처럼 너울대니 별빛이 천에 묻어 있는 금강석의 가루에 반사되어 화려하게 부서졌다.

월궁의 항아가 춤을 추면 이런 모습일까? 공손설이 내뿜는 강기는 아주 얇게 천 전체로 퍼졌다. 사람의 눈에는 거의 보이지 않았고 오직 약한 녹광만이 무음할공대를 감싸고 있는 듯했다.

모산파의 조청이 날인 채찍은 그런 무음할공대의 면을 때렸을 뿐이다. 퍼져 있는 천을 감아 내리지는 못했다. 오히려 채찍이 준 충격이 천의 너울거림을 더욱 크게 했다. 상대의 기를 받아들여 변화를 가중시키니 효능이 배가되었다. 공손설은 이미 강기를 파도처럼 만들어 퍼뜨리는 경지에 이르러 있었다. 그녀는 이 수법을 성천은하파라고 이름 붙였다.

파파파파.

달빛이 안개처럼 깔리고, 별빛은 땅으로 내려와 다시 빛났다. 그것은 무음할공대라는 희대의 병기와 공손설의 강기가 만들어낸 환상이었다. 빛으로 사람의 눈을 현혹시켜 공간감각을 상실시키고 이성과 의지를 흐리게 하는 힘이 있었다. 또한 이 환상은 충분한 살상력을 지니고 있었다. 무엇보다 너무나도 현란하여 피할 수가 없었다.

무림고수들은 별빛의 바다에서 허우적대며 필사적으로 대응하려 했다.

그런데 여기서 서문량이 우려한 것이 현실로 드러났다. 공손설은 다섯을 동시에 공격하기 위해 자신의 보호를 푼 것이나 다름없다. 무기를 하늘로 띄우고 두 팔까지 머리 위로 들어 올렸다.

그런데도 장로들은 공격을 하지 못했다. 별빛이 소용돌이치는 상황에서 그 중심에 있는 공손설 주위에는 가장 별빛이 많이 흐르고 있었다. 그 안으로 파고들고 무사하기는 힘들다. 여기에서는 일단 두어 명이 목숨을 걸고 별빛의 흐름을 끊어야 한다. 그리고 그 뒤에 생긴 허점을 다음 사람이 확실하게 파고듦으로써 수세에서 공세로 변화를 시킬 가능성이 생기는 것이다.

그러나 아무도 먼저 파고드는 사람이 되려고 하지 않았다. 앞서 간 사람은 일종의 희생양이나 다름없다. 죽을지 말지는 알 수 없지만 결코 무사하지는 못하리라. 그들에게는 필살의 의지가 없었다.

원래 비무대 위로 올라올 때까지는 있었을지 모르지만 이미 공손설의 성천은하파의 효능에 의해 감각에 혼란이 생기고 이성이 흐려졌다. 그들은 육체와 정신을 동시에 공격당했다는 것을 아직 느끼지 못하고 있었지만 이미 이성보다는 본능, 아니, 본성의 힘이 강해진 상태였다.

"무량수불, 이런 수법이 있다니!"

능허 대사가 도호를 욕 대신 쓰며 비무대 외각으로 물러섰다. 외각으로 물러설수록 별의 밀도가 작아지기에 피하기가 쉬웠다.

"이건 환술이다! 요녀, 제대로 된 무공으로 싸우자!"

팽문도가 자신의 도를 쉴 새 없이 휘둘러 다가오는 별빛을 튕겨내며 외쳤다. 하지만 그는 이 별빛이 결코 환술에 의한 허상이 아님을 알고 있었다. 그렇지 않았다면 일일이 도에 전력을 기울여 별빛을 쳐낼 리가 없다.

다른 자들도 역시 공손설에게 다가가려 하지 않았다. 기껏해야 암기를 던지거나 채찍으로 치려 할 뿐이다. 그 정도로는 공손설의 주변을 돌고 있는 별빛의 막을 뚫을 수 없었다.

비무대 밖에서 구경하고 있는 사람들도 모두 이 광경을 똑똑히 보았다. 그들은 공손설의 무공이 세상에서 가장 아름다운 수법이 아닐까 하고 생각했다. 그리고 장로들이 정신을 못 차리는 모습에 눈살을 찡그렸다. 장로들의 모습에서 투지는 찾아볼 수도 없었다.

필요할 때에 앞으로 나아가 죽지 못하는 자는 서서히 조여 죽게 된다. 장로들의 운명이 바로 그랬다. 그들은 하수였고, 병기의 특이함에서도 뒤졌다. 수세에 몰린 채 모험도 하지 않으니 이제는 이를 악물고 수비에 전념하면서 내력이 고갈될 때까지 버티는 길밖에 남아 있지 않았다.

그것은 정말 비참한 광경이었지만 정작 본인들은 인식하지 못했다. 그들은 점점 시간의 흐름조차 잊어가고 있었다. 단지 주변을 둘러 싼 별빛으로부터 몸을 지키기 위해 안간힘을 쓸 뿐이다.

공손설은 그 모습을 보면서도 조금도 방심하지 않고 전력으로 무공을 펼쳤다. 한번 잡은 승기를 놓치면 이번에는 반대로 위험이 닥친다는 것을 그녀는 잘 알고 있었다.

어느 순간, 상대의 저항이 한계에 달했다는 것을 느낀 공손설은 갑자기 몸을 회전시키며 무음할공대를 허리에 둘둘 감으며 거두어들였다. 그로 인해 순식간에 하늘을 가리던 장막이 걷히며 장로들을 핍박하던 별빛이 모두 사라졌다. 마치 꿈에서 깨어나듯 은하수의 한가운데와 같았던 비무대가 원래대로 돌아갔다.

갑자기 바뀐 환경에 장로들은 퍼뜩 정신을 차렸다. 그리고는 이때가 아니면 기회가 없다는 생각에 각자 무서운 절초를 펼쳐 공손설을 공격했다.

그러나 공손설은 이미 준비를 끝냈다. '펑' 하는 소리와 함께 그녀의 몸에 감긴 무음할공대의 끝자락이 비무대 바닥을 때렸다. 그와 함께 공손설의 몸이 하늘로 숏구쳐 올랐다. 여전히 몸을 팽이처럼 회전하는 공손설은 하늘을 나는 선녀의 모습처럼 신비하고 아름다웠다. 하지만 장로들은 그런 공손설의 움직임에 회심의 미소를 지었다. 땅에 발을 디디고 있는 것보다 하늘에 떠 있는 것이 운신하기 어려운 것은 말할 필요도 없다.

능허 대사가 품속에서 세 개의 구슬을 꺼내 들며 외쳤다.

"끝을 냅시다. 요녀가 다시 수작을 피우면 곤란하오!"

"그럽시다!"

세 개의 구슬은 강호에서도 악독하기로 이름 높은 회선마철주였다. 능허 대사가 전력으로 그것을 던지자 회선마철주는 날카로운 소리를 내며 제각기 이리저리 방향을 바꾸며 공손설을 향해 날아갔다. 다른 네 명도 저마다 감추어두었던 암기를 날렸다. 그것이 상대에게 결정적인 타격을 주지는 못하더라도 허공에서 움직임이 흔들리면 다시 땅에 내려설 수밖에 없다. 공손설이 땅에 착지를 하는 순간 그들은 결판을 낼 생각이었다.

그러나 공손설은 그걸 기다렸다는 듯이 몸에 두른 무음할 공대를 그물처럼 펼쳐 모든 암기를 휘어 감았다. 그리고 그걸 다시 포창처럼 꼬아서 비무대의 가장 구석에 서 있는 언영에게 쏘았다.

쇄공창! 공손설이 펼칠 수 있는 수법 중 가장 강력한 위력을 지닌 강기의 포창이 무서운 기세로 날아갔다.

"헛!"

언영은 순간적으로 헛바람을 들이키며 급히 몸을 피했다. 막을 수 없는 공격이란 것을 직감적으로 느꼈다. 그런데 쇄공창이 언영이 있던 곳에 도달했을 때, 갑자기 풀리며 속에 담아두고 있던 암기를 모두 언영에게 날렸다.

파파파팍.

"끄아아악!"

언영은 이미 무리를 해서 쇄공창을 피했기에 그다음에 오는 암기를 피하지 못했다. 그는 전신에서 피를 뿜으며 비무대 위로 튕겨 나갔다. 죽었는지 살았는지도 알기 어려울 정도였다.

“앗, 언 대협!”

다른 장로들은 하나같이 경악성을 발했다. 상대에게 별다른 피해도 주지 못하고 한 사람이 당한 것이다.

그사이 공손설은 쉬지 않고 손을 썼다. 무음할공대는 살아 있는 것처럼 비무대를 돌아다니며 사람들을 공격했다. 공손설은 무음할공대의 그런 움직임에서 나오는 힘으로 허공에서 움직이고 있었다. 병기의 힘을 이용하기는 했지만 그녀는 정말 마음대로 공간을 제어하고 움직일 수 있는 것이다.

공손설은 아직 비무대 위에 머물고 있는 네 명의 상대를 보며 차갑게 웃었다.

“사형이라면 나의 할공대가 가진 힘을 깨닫고 어떻게든 붙어서 절대로 떨어지려 하지 않았을 텐데, 그대들은 싸움 감각도, 임기응변도 모두 약하다.”

무음할공대를 쓰는 사람에게 대적할 방법은 오직 두 가지이다. 무음할공대를 찢거나 뚫을 수 있는 날카로움, 아니면 아예 붙어서 떨어지지 않고 싸우는 것이다. 그게 없으면 상대가 몇 명이든 소용이 없다. 그게 바로 무음할공대의 무서운 점이다.

무림맹의 장로들은 상대의 무공만 생각했지 병기를 생각하지는 못했다. 그렇기에 이토록 대응을 제대로 하지 못하는 것이다.

하지만 그것뿐만은 아니다. 공손설은 이미 별빛을 이용해 상대의 넋을 빼놓았다. 천부적인 숭부사가 아닌 이상 지금 정신을 차리기는 힘들다.

공손설이 성천은하파를 거둔 것은 다른 이유가 아니다. 비무를 보고 있는 사람들이 납득할 수 있는 방법으로 이겨야 했기 때문이다. 끝까지 성천은하파를 펼쳐 승리를 했다면 저들은 사술이라고 억지를 부릴 수도 있다. 그러나 사실은 이미 승리가 결정되었고, 상대들은 몸 안에 남아 있는 힘도 별로 없다. 이제는 하나하나 알기 쉬운 수법으로 처리를 해주는 것만 남았다.

과연 공손설의 의도대로 비무대 위의 사람들은 하늘을 마음대로 날며 무음할공대로 포창과 채찍의 초식을 펼치는 공손설의 무위에 크게 감탄했다. 지금까지와는 또 다른 현실적인 무위에 대한 감탄이었다.

반대로 공손설에게 당하는 장로들의 모습에 혀를 찼다. 그들이 보기에 장로들은 제대로 힘을 모으지 못하고 저마다 뿔뿔이 흩어진 형국으로 몰리고 있었다. 그러면서 그들은 하나하나 당해 비명을 지르며 비무대 밖으로 떨어졌다.

그마나 공손설이 할공대의 면을 이용해 베는 걸 자제하고 거의 때리거나 쳐내는 수법으로 썼기에 망정이지 안 그랬으면 그들은 몸이 조각나서 죽었을지도 모른다.

펑.

북이 찢어지는 소리와 함께 능허 대사가 등을 두드려 맞고 앞으로 튕겼다. 분명히 앞쪽에서 다가오는 공격을 막았는데 중간 마디가 어느새 뒤를 친 것이다. 마지막으로 버티던 그가 쓰러지자 이제 비무대 위에는 아무도 남아 있지 않았다.

일방적인 승부! 사람들은 그 놀라운 결과에 할 말을 잃었다.

공손설은 아무렇지도 않은 표정으로 비무대 위에 내려섰다. 그리고는 사방을 한번 둘러본 후에 차갑게 말했다.

"무림맹의 무인들은 승패보다는 생사를 더욱 무겁게 여기는군요."

싸한 기운은 그녀의 몸에서부터 흘러나와 이미 서늘해진 밤공기를 더욱 차갑게 식혔다. 공손설은 대놓고 실망했다는 표정을 지었다. 하지만 어느 누구도 반박하지 못했다.

강호에서 제일 위쪽에 있는 명망 높은 고수 다섯 명을 너무나 쉽게 일방적으로 이겼다. 이제는 공손설의 무위를 아무도 측정하지 못했다. 반대로 무림맹에 대한 신뢰감이 엄청나게 떨어졌다.

권위는 바로 사람들의 마음속으로부터 나온다. 그런데 이런 식으로 실망을 했으니 앞으로 무림인들이 무림맹을 어떻게 생각할지는 능히 짐작할 수 있다. 그리고 무림맹의 주축이 되는 대문파들의 위세 또한 크게 위축될 것이다.

'아아, 천문기사의 예견이 한 치의 틀림이 없구나!'

초산은 고개를 돌려 뒤쪽에 앉아 있는 서문량을 보았다. 다른 장로들도 그를 보고 있었다.

서문량의 말대로 지금 나간 자들은 목숨을 걸지 않았다. 설마 이렇게까지 쓸모가 없을 줄은 몰랐는데, 어떻게 저런 자들이 무림맹의 장로직을 맡을 수 있었는지 이해할 수 없었다.

만약 초산이나 다른 장로들이었다면 상황이 불리해진 순간 스스로의 목숨을 포기했을 것이다. 살아서 수치를 당하느니 다같이 목숨을 걸고 동귀어진을 노리는 것이 낫다고 여길 터이다. 그러나 지금 나간 자들은 중요한 순간에 생을 탐하여 수치를 얻었다.

하지만 이건 어떻게 보면 당연한 일이다. 무림맹의 장로 직은 무공이 아닌 처세술이 더욱 중요시되는 자리다. 물론 무공은 기본이라 할 수 있지만 모두가 그런 것은 아니다.

서문량은 장로들 중 가장 실속이 없는 자를 면밀히 골라서 뽑았다. 실전에서 여차할 때 목숨을 거는 것은 이성으로는 안 된다. 오직 기분과 성격, 그리고 경험이 죽음에 대한 원초적인 공포를 극복하게 해주는 것이다. 보통 그게 되는지 안 되는지는 일이 벌어져야 아는데, 서문량은 그동안의 자료와 정보로 그걸 거의 정확히 파악했다.

　사실상 지금 나간 자들은 무림맹의 장로들 중 실전에서 가장 약한 다섯 명이라고 해도 과언이 아니었다.

　어쨌거나 상황은 최악을 달리고 있다. 이걸 만회하기 위해서는 선견지명의 화신이라고 할 수 있는 천문기사의 지모가 필요하다. 초산은 그렇게 판단하고는 헛기침을 몇 번 한 후 서문량에게 말을 걸었다.

　"군사, 어떻게 했으면 좋겠소?"

　상황이 급하니 말을 돌릴 여유는 없다. 그는 단도직입적으로 물었다.

　서문량은 깊은 한숨을 한번 내쉬고는 대답했다.

　"빙옥마봉의 무공이 놀랍지만, 혈장천마만 한 신위는 없습니다. 아쉬운 대로 이제는 혈장천마의 죽음을 밝히고 싸움을 시작해야 할 것입니다."

　"하기야 아무리 빙옥마봉이 강해도 지금 상황을 뒤집을 수는 없겠지."

　"조금이라도 빨리 다른 사람들이 이번 승부를 잊게 해야 합니다. 혈장천마의 죽음은 그 역할을 충분히 하게 될 것입니다."

　"그게 좋겠소. 전투가 벌어지고 승리를 얻으면 이번 비무는 작은 일에 불과해질 터, 패한 장로들을 위해서도 어서 일을 진행시킵시다."

대사에 작은 차질은 생기게 마련, 장로들은 그렇게 애써 자위하며 초산을 재촉했다. 혈장천마의 죽음을 추궁하여 밝히는 역할은 바로 초산이 맡고 있었다.

초산은 사람들의 기대에 부응하여 자리에서 일어나 앞으로 나아가려 했다. 원래는 모든 사람들의 시선이 집중되어 있는 비무대 위로 뛰어올라 가 밝히는 것이 가장 효과가 좋겠지만, 공손설이 있으니 그건 불가능하다. 그냥 이 자리에서 내력을 써서 외치면 될 것이다.

그런데 막 초산이 소리를 치려 할 때, 공손설이 허공을 향해 손을 한번 크게 휘저었다. 그러자 그녀의 내력이 대기를 울려 바람을 일으켰다.

휘이잉.

"아! 놀라운 내공이다."

사람들은 일순 기가 질려 조용해졌다. 그러자 공손설이 그때를 놓치지 않고 선언을 했다.

"여흥은 끝났습니다. 이제 정식으로 무황성이 문을 열어야 할 때입니다."

웅성웅성.

드디어! 대부분의 사람들이 안색을 굳혔다. 지금 상황이면 틀림없이 천마신교의 의도대로 무황성이 열리고 마도천하가 될 것 같았다.

"하지만!"

공손설의 말은 끝나지 않았다. 사람들의 시선이 다시 그녀에게로 집중되었다.

"그전에 안타까운 소식을 하나 전해 드리게 되었습니다. 그것은 바로 여러분께서 천하제일의 무인으로 인정하고 천마라는 칭호를 지니신 제 사부님께서 얼마 전 타개하셨다는 것입니다."

"뭐라고!"

"혈장천마가 죽었다고!"

사람들은 너무나도 놀라 저마다 소리를 질렀다. 그것은 정말 상상도 하지 못했던 일이었다. 천하제일의 고수인 혈장천마가 이미 죽었다니? 그게 어떻게 가능하단 말인가!

그러나 그들이 아무리 놀라도 무림맹의 수뇌부와 초산보다 더 놀랄 수는 없었다. 초산은 믿을 수 없다는 표정으로 공손설을 보다가 고개를 돌려 서문량에게 의문의 시선을 보냈다. 어떻게 된 일인가? 저쪽에서 스스로 그 사실을 밝히다니, 그게 있을 수 있는 일인가? 그의 눈빛은 그렇게 묻고 있었다.

이에 서문량은 입술을 피가 나도록 깨물었다. 그리고는 신음하듯 중얼거렸다.

"저들이 스스로 혈장천마의 죽음을 밝힐 수 있다는 것은… 바로……."

차마 말을 이을 수 없는 듯한 서문량의 태도에 초산은 더욱 심각한 얼굴로 재촉을 했다. 그 역시 설마라고는 생각하지만 하나의 가정이 머릿속에 떠오르고 있었다.

서문량은 고개를 숙였다. 그리고는 거의 들리지 않을 정도로 작게 중얼거렸다.

"대신할 자가 이미 있기 때문일 겁니다."

"역시 그런가……."

초산도 한숨을 쉬며 중얼거렸다. 그러나 다른 사람들은 서문량의 말에 동의할 수 없다는 듯 안색을 굳히며 말했다.

"그건 불가능하오. 혈장천마를 대신할 수 있는 자라니? 그런 자가 갑자기 하늘에서 떨어지거나 땅에서 솟아날 수 있겠소? 빙옥마봉이 초절정고수가 되는 것은 오히려 가능하겠지만, 초절정고수도 없던 천마신교 내에서 어찌 혈장천마만 한 고수가 갑자기 나타날 수 있단 말이오!"

"그건 저도 알 수 없습니다. 그렇기에 예상할 수 없었습니다."

서문량은 고개를 저었다. 이거야말로 귀신에게 홀린 것처럼 알 수 없다는 얼굴이었다. 장로들은 여전히 그럴 리가 없다고 말했다. 그러면서 마교의 놈들이 어떤 수작을 피울지 모르지만 끝까지 당황하지 않고 계획대로 싸움을 벌인다면 충분히 승리를 할 수 있다고 말했다.

이런 기분은 전후 사정을 모르는 다른 무인들도 마찬가지
였다. 그들은 공손설의 입에서 혈장천마가 죽었다는 말이 나
오자마자 두 눈에서 투지의 불길을 태웠다.

"혈장천마만 없다면 너희들은 중원에 있을 자격이 없다.
크크크크."

"역시 하늘은 악인의 발호를 용납하지 않는군. 이것이야말
로 천의(天意)다. 혈장천마가 제명에 못 죽은 것은 바로 마교
의 업보다."

그들은 입에서 나오는 대로 말했다. 이미 두려움이 사라지
고 마교에 대한 악감이 다시 생생하게 살아났다. 비록 공손설
의 무공에 감탄을 했다고는 하나 절대적인 공포를 줄 정도는
아니었다.

동시에 중원무림맹 소속의 무인들이 움직이기 시작했다.
그들은 수뇌부의 신호에 따라 미리 지정한 대로 모였다. 말하
자면 전투 준비를 하는 것이다.

사방에서 일어나는 적의는 공손설의 피부를 따갑게 할 정
도였다. 공손설은 자신의 말 한마디에 분위기가 이렇게까지
바뀌자 가볍게 한숨을 내쉬었다. 혈장천마의 신위가 중원무
림인들에게 어떤 영향력을 행사하고 있었는지 지금 이 순간
확실하게 느꼈다.

"사형께서 왜 이렇게까지 은밀하게 일을 꾸미셨는지 알겠

구나. 중원의 무인들은 절대로 신용할 수 없는 자들이다."

공손설은 그렇게 중얼거리고는 다시 심호흡을 한번 했다. 사람들의 적의를 가슴 가득히 받아들여 앞으로 잊지 않겠다고 결심하면서.

그때 초산이 무림맹을 대표해서 외쳤다.

"빙옥마봉! 사필귀정이라고 했다. 너희 마교의 무리들은 일시적인 힘으로 세상을 조롱하려 했지만 결국 오늘 죄업을 받게 되었다. 그것을 알겠는가!"

대놓고 싸우자는 선전포고였다. 이미 기호지세나 다름없다. 초산은 자신과 서문량의 예측이 틀리기를 진정으로 소원했다. 그리고 그걸 전제로 한 채 싸움을 걸었다. 이곳까지 와서 싸우지 않고는 끝낼 수 없는 것이다.

일이 잘못되면 어떻게든 피해를 최소화시켜야 할 것이다. 하지만 그것은 우려가 현실이 된 다음에 생각할 일. 지금은 적을 이길 수 있다는 신념을 가져야 한다. 그런 초산의 결심이 목소리에 배어 나왔다. 그의 신념은 자연스럽게 사람들의 귀를 통해 가슴속으로 파고들었다.

공손설 역시 초산의 말에서 비장함을 느꼈다. 이유는 정확하게 알 수 없지만 상대는 죽음을 각오하고 있다는 느낌을 받았다. 공손설은 고개를 돌려 초산쪽을 보며 대답했다.

"선과 악, 그리고 상과 벌은 일방적으로 따질 수 없는 것입니다. 적어도 본 신녀가 생각하기에는 우리 천마신교의 처사가 현재 중원무림맹보다는 공정하다고 생각되는군요. 하지만 그것도 역시 힘이 없으면 부질없는 법. 이런 도리는 원래 우리 천마신교가 주장하는 것이고 여러분들은 그걸 악이라 칭하지만 지금 현실은 어떤가요? 여러분은 힘이 있을 때 굽히고, 없으면 무시하는 훌륭한 패(覇)의 신봉자입니다."

"궤변으로 사람들을 현혹시키려 하지 마라! 너의 무공이 아무리 뛰어나도 중원의 정기를 해할 수는 없다!"

초산의 외침에 공손설은 웃었다. 그리고는 밤하늘에 뜬 달을 보며 산책을 하며 지인과 담소하는 여유로운 목소리로 말했다.

"저는 여흥에 불과하다고 이미 말씀드렸습니다. 지금부터는 제가 아닌 제 사형께서 주관하여 무황성의 시대를 선언할 것입니다."

그러면서 공손설은 몸을 날려 천마신교의 다른 주요인물들이 있는 귀빈석으로 가서 앉았다. 사람들은 공손설이 물러나는 것을 저지하지 못했다. 그녀가 남긴 말에 담긴 뜻을 생각할 뿐이었다.

"청염마조가?"

"그렇지. 청염마조가 있었어."

"빙옥마봉이 저런 경지에 올랐으니 혹시 청염마조도?"

"으으, 천마신교에 이미 두 명의 초절정고수가 있단 말인
가!"

사람들은 공손설의 입에서 소운의 존재가 흘러나오자 저
마다 나름대로 생각을 했다.

과거 청염마조가 중원을 돌아다니며 비무를 한 사실은 아
직도 그들의 기억 속에서 지워지지 않았다. 정과 마를 떠나
사람들을 감탄시킨 승부사. 하지만 그때 그는 강호 최고 수준
의 무위에는 도달하지 못했었다. 그냥 그의 나이에서 한 배분
위의 고수들과 비슷한 수준이었을 뿐이다.

하지만 빙옥마봉의 성취를 볼 때, 청염마조 소운이 갑자기
탈태환골을 하여 초절정고수가 되었을지도 모른다는 생각이
사람들의 뇌리를 스쳤다.

"그런가. 청염마조도……."

초산은 작게 중얼거렸다. 두 명의 초절정고수라면 정말로
무서운 전력이라 할 수 있다. 과거 중원에 이름을 날리던 사
람은 쌍성과 남도왕이었다. 중원 전체를 통틀어도 세 명밖에
없었던 초절정고수를 한 세력이 둘이나 보유하고 있는 것이
다. 그것도 나이도 젊은 자들이 그런 경지에 올랐으니 앞으로
얼마나 발전할지는 예측하기 힘들었다.

"하지만 그 정도라면 어떻게든 된다."

초산은 순간적으로 계산을 끝냈다. 무림맹의 핵심전력이

모두 이곳에 모였다. 그는 고개를 돌려 뒤에 있는 다른 장로들을 보았다. 장로들은 비장한 얼굴로 고개를 끄덕였다. 이판사판, 이제는 삶을 얻으려 했다가는 앞에서 망신을 당한 다섯 장로와 같은 수치를 당할 뿐이다. 그들 모두 이번 싸움에 목숨을 걸고 두 명의 초절정고수를 상대하기로 지금 이 순간 암묵적으로 결의했다.

그러나 그들의 결의는 소운이 등장한 순간 허무하게 바스라져 버렸다. 정확하게 말하면 소운이 아닌 소운의 검이 나타난 순간이었다.

화르르륵.

"앗, 저것은!"

갑자기 밤하늘이 밝아지며 파란빛이 사람들을 덮었다. 사람들이 놀라 고개를 들어보니 천공에는 파란 불꽃으로 둘러싸인 불새가 날고 있었다. 그건 정말 살아 있는 새처럼 보였다.

강기의 불꽃이 강렬하게 타오르며 날갯짓을 했다. 불새는 모든 사람들이 보는 가운데 하늘을 넓게 한 바퀴 돌고는 땅을 향해 내려오기 시작했다.

땅에 가까이 다가올수록 불새는 커 보였다. 나중에는 거의 반경 십여 장에 달하는 크기로 변했다. 그것은 땅에 어느 정도 가까워지자 크게 한번 원을 그리고 일직선으로 내리꽂혔

다. 장소는 바로 공손설이 방금까지 서 있던 비무대의 한가운
데였다.

콰앙.

굉음과 함께 비무대가 흔적도 없이 사라져 버렸다. 그리고
그 충격파에 주변에 있던 수백 명의 사람들이 버티지 못하고
뒤로 튕기거나 비틀거리며 물러났다. 그들 대부분은 굉음에
의해 귀에도 충격을 받았는지 입과 귀로 피를 흘리며 비명을
질렀다.

그리고 사람들은 보았다. 비무대가 있던 자리에 당당히 꽂
혀 있는 하나의 검. 그것은 여전히 파란 강기를 머금은 채 빛
나고 있었다.

"검이라니! 그럼 지금 것은 바로 이기어검?"

"이기어검이라고 할 수도 없다. 십여 장에 달하는 강기라
니. 어찌 인간의 힘이 그렇게 강할 수 있단 말이냐!"

"이것은 무엇인가 속임수가 있는 게 틀림없다. 우리는 모
두 환술에 당한 거다!"

대부분의 사람들은 눈앞에서 벌어진 현상을 받아들이지
못했다. 그들의 상식으로 생각할 수 있는 수준을 이미 넘어서
버린 것이다. 오로지 몇몇 고수들만 아무 말 없이 고개를 숙
였다. 그들은 눈앞에서 벌어진 일이 얼마나 대단한 것인지 대
충이나마 느낄 수 있는 자들이었다.

그때 소운이 하늘로부터 나타났다. 천신이 지상을 살피러 오는 것처럼 뒷짐을 진 채 아주 천천히 내려왔다. 그러자 땅에 꽂혀 있던 검의 강기가 저절로 거세게 일어나 다시 불새의 형상을 이루었다. 불새는 고개를 들어 소운을 보고 날개를 활짝 피었다. 강기의 기세가 대지를 흔들고 폭풍과도 같은 바람을 일으켰다. 불새는 소운을 향해 날아올라 저절로 그의 손 안으로 돌아갔다.

사람들이 숨을 죽이고 보는 가운데 소운은 처음 검이 꽂힌 자리에 내려섰다. 그리고는 선언했다.

"무(武)는 거짓을 용납하지 않는다. 강한 자는 강하고, 약한 자는 약하다. 무황성은 바로 강함을 위해 존재한다. 스스로 강해지려는 자를 위한 공간이다. 지금부터 무황성을 열겠다!"

소운의 선언이 끝나자 그의 검으로부터 일어난 불새 모양의 강기가 날개를 펴서 소운을 감쌌다. 그러자 불새의 크기가 세 배나 커졌다.

와아아아.

천마신교의 사람들은 일제히 함성을 질렀다. 하늘이 떠나갈 정도로 커다란, 모든 내공을 실어서 지르는 승리의 함성이었다. 소운은 그 함성에 자신의 기를 실어 모든 사람들의 마음을 흔들었다. 씻기 어려운 공포와 경외심을 느끼도록 주변의 기운을 격렬하게 움직여 사람들의 몸과 마음을 떨리게 만들었다.

무림맹 사람들은 몸이 저절로 부르르 떨리는 느낌에 움직일 수도 없었다. 그것은 절대적인 감각의 각인이었다. 죽음을 넘어선 공포이자 하늘의 개벽을 보는 듯한 감동이었다. 혈장천마의 무위와는 또 다른 하늘의 무공을 그들은 지금 이 순간 보고 느꼈다.

초산은 급히 내공을 극한까지 끌어올려 몸을 떨림을 참아 냈다. 그리고는 고개를 돌려 다른 장로들에게 말했다.

"이대로는 헤어날 수 없는 공포에 빠지오. 전원 내공을 모아 소리를 지릅시다. 그래야 나중에라도 싸울 수 있소."

그의 말에 퍼뜩 정신을 차린 장로들이 일제히 자리에서 일어났다. 사자후를 써서 이 분위기를 흐트러뜨려야 한다는 초산의 말에 모두 힘을 모았다. 사실은 소리라도 질러서 공포심을 잊고 싶었던 것일지도 모른다.

그러나 소운은 그들이 몸을 일으키는 순간 기의 흐름을 느꼈다. 그는 검을 들고 있던 손을 위로 들어 올렸다.

끼우우우우.

놀랍게도 강기로 이루어진 불새가 울었다. 그리고 하늘로 날아올라 무림맹의 수뇌부가 모여 있는 장소로 날아갔다. 찰나지간에 일어난 일이었다. 화르륵 하는 소리와 함께 그 일대가 모두 청염의 불새에 의해 덮여 버렸다.

"아!"

사람들은 모두 탄식과 경탄이 동시에 담긴 소리를 내었다. 그들은 무림맹의 수뇌부 전원이 일순간에 몰살당했다고 생각했다.

소운은 다시 말했다.

"무공을 원하는 자는 가르쳐 주겠다. 재능이 있는 자에게는 어떤 절학도 아끼지 않겠다. 자격만 있다면 천마의 무공도 모두 익힐 수 있다!"

"……."

천마의 무공, 소운의 지금 무공이 바로 천마의 무공이라면 이런 무공을 배우기 위해서는 무황성에 들고 싶다. 사람들은 그런 생각을 했다.

그사이 소운은 몸을 돌려 천마신교의 귀빈석 쪽으로 갔다. 공손설이 일어나 예를 취해 그를 맞았다. 중앙에 있는 대좌에 소운이 앉자 다시 북이 울리고 수십 개의 나팔이 흥겨운 음악을 연주했다. 이제 정식으로 무황성의 제전의식이 시작되는 것이다.

그렇게 무황성은 계획대로 순조롭게 문을 열었다. 무림맹을 비롯해 중원의 무인들은 아무도 저지할 엄두도 내지 못했다.

사람들은 말했다.
혈장천마의 시대가 갔지만 새로운 천마가 탄생했다.
그는 무황성의 초대 성주가 되었다.
바로 무황천마의 전설이 시작이다!

第七章

# 마도문파(魔道門派)

우리에게 무공을 빼면 남는 게 무엇인가?

南斗延壽保命時老君告天師曰
大八會之真文三洞三清之上
桑道元始天尊昔經歷于億萬劫天地始修

太上說南斗延壽保命

安真經太上說南斗
此經乃九天八
興衰而人倫五運遷變萬桑道

# 마도문파(魔道門派)
우리에게 무공을 빼면 남는 게 무엇인가?
그러니 무공만큼은 구대문파보다 뛰어나야 한다

　　서문량은 소운이 날린 청염조어검에 의식을 잃었다가 무황제전이 끝난 후에 깨어났다. 초산을 비롯한 다른 장로들은 이미 깨어서 서문량이 회복되기를 기다리고 있었다.

　　"어떻게 되었습니까?"

　　자신이 살아난 것이 신기한 듯 묻는 서문량에게 초산은 설명을 해주었다.

　　"청염마조의 기운에 우리 모두 정신을 잃었네. 자네가 마지막으로 깨어났지."

　　"그럼 사상자는 없습니까?"

"그렇다네. 모두 기맥이 흔들려 기운이 없을 뿐이지. 의원의 말로는 한 달 정도 정양하면 괜찮을 거라더군. 그전에도 내공을 사용하여 기를 움직이는 것만 삼가면 그냥 힘을 쓰는 데에는 별문제가 없다고 하네."

초산의 말에 서문량은 잠시 고개를 숙인 채 생각에 잠겼다. 그러다가 조심스럽게 초산에게 물었다.

"이런 무공이 가능한 것입니까?"

서문량의 말은 초산의 가슴속에서 가장 아픈 곳을 찔렀다. 눈에 띄게 창백한 얼굴이 된 초산은 한숨을 쉬며 말했다.

"불가능하다고 믿고 싶네. 혈장천마라고 해도 이럴 수는 없는데, 어떻게 그의 제자가… 후우. 사람들이 그자를 무황천마라 부르고 있네. 이 대에 걸쳐 연속으로 천마가 나타난 것이지."

믿고 싶지 않아도 현실로 나타났으니 어쩔 수가 없다. 소운의 무공은 무림맹의 모든 사람들의 희망을 완벽하게 빼앗아 가 버렸다. 절대적인 공포로 몰아넣고 적대할 어떤 기력도 남겨두지 않았다.

무엇보다 절망적인 것은 청염마조가 아직 창창하게 젊은 나이라는 점이다.

'차라리 상대가 천마였을 때는 최악의 경우 기다리면 될 일이었을 터이지만……'

산 넘어 산이라더니, 지금이 딱 그러했다. 더군다나 새로 천마라고 불리는 청염마조의 아래에는 빙옥마봉이 버티고 있다. 그녀 또한 젊디젊은 나이.

청염마조가 존재하는 이상 중원무림맹이 기를 펼 날은 오지 않을 터이다. 지금의 경지도 아득한데 그의 무공이 정체되어 있으리라는 보장도 없다.

결정된 것이나 다름없는 암울한 정파의 미래. 초산은 생각할수록 새록새록 솟아나는 절망감을 감출 수 없었다.

서문량은 초산의 대답을 듣고 그의 표정이 어두워지는 것을 보면서도 아무 말도 하지 않았다. 단지 무언가 깊게 생각하는 듯한 얼굴로 살짝 고개를 숙인 채 침묵을 지켰다.

마침내 고개를 든 서문량은 평온한 안색으로 고개를 끄덕이며 의외의 말을 했다.

"차라리 잘되었습니다."

"뭐라고? 그게 무슨 소리인가?"

"만약 무황성에서 우리가 싸워서 패했다면 많은 피가 흘렀을 것입니다. 그리고 중원 전체가 혼란에 빠졌겠지요. 하지만 새로운 천마가 압도적인 무력으로 우리의 저항을 용납조차 하지 않았다면, 우리는 전력을 고스란히 보전하게 된 것입니다."

"그게 무슨 소용이 있나? 앞으로 무림은 마도천하가 될 걸세."

초산은 차라리 그 자리에서 죽었다면 속이 편했을 거라는 표정이었다. 실제로 지금 무림맹의 사기는 말이 아니다. 이길 수 있다는 희망의 결과가 이렇게 나타났으니 남은 것은 절망뿐이다.

사실은 소운이 의도적으로 모든 사람들의 마음을 흔들었기에 다들 저항의 의지를 잃은 것이지만 정작 당한 사람들은 자신들이 암시에 당했다는 것을 깨닫지 못한다.

하지만 서문량은 소운이 이들의 의식에 어떤 영향을 끼치기로 했는지 미리 들었다. 초산의 반응을 보고 소운이 말한 대로 확실하게 먹혔다는 것을 알았다.

'이 정도 고수의 마음을 의도한 대로 흔들다니, 과연 사형의 경지는 엄청나군!'

서문량이 지켜본 바로는 초산은 나름대로 의지가 굳은 편에 속한다. 그런 그의 반응이 이 정도라면 다른 이들 또한 이보다 더하면 더했지 덜하진 않을 터이다.

그렇다면 이제 절망에 빠진 이들에게 새로운 희망을 주어야 한다. 서문량은 진지한 얼굴로 초산의 눈을 직시하며 말했다.

"청염마조가, 아니, 무황천마가 이미 신인 지경에 들었다면 자존심은 버리고 가능한 한 실리를 취해야 합니다. 그래야 나중에라도 상황을 뒤집을 수 있지 않겠습니까?"

서문량의 말에 초산은 어이가 없다는 듯 허탈하게 웃었다.

"허허허, 서문 군사는 그자의 무공을 보고서도 아직 그렇게 말을 할 수 있는가?"

"있습니다."

짧은 대답. 그러나 서문량의 말 속에는 힘이 있었다. 그것은 의지와 신념의 힘이었다. 초산은 입을 다물고 서문량의 눈을 보았다. 흔들리지 않는 눈이다. 그것이 초산의 마음을 흔들었다.

"무슨 계획이 있는가?"

"제가 아닙니다. 다른 사람이 할 것입니다."

"자세히 이야기를 해보게."

어느새 다른 몇 명의 사람들이 서문량의 방 안으로 들어와 그의 설명을 재촉했다. 밖에 있다가 서문량과 초산의 말소리를 듣고 들어온 것이다.

서문량은 그들을 보며 말했다.

"일로마협께서 떠나실 무렵 저에게 한 말이 있습니다."

"일로마협!"

일로마협의 이름은 확실히 그들에게 있어 하나의 희망이라 할 수 있었다. 일로마협이 검성의 진전을 이어 초절정의 경지에 도달했다는 것은 이미 그들에게 전해진 바 있다. 그는 마교의 세 장로를 상대하여 모두 격살한 후 자취를 감춘 것으로 알려졌다. 그런데 그는 서문량에게는 무슨 말을 남긴 모양이다.

"일로마협은 이렇게 말했습니다. 만약 내가 돌아온다면 혈장천마와 상대할 힘을 얻은 후일 것이다."

혈장천마와 상대할 힘. 그것은 바로 천마의 경지와 필적한 무공이 아니겠는가! 초산은 순간적으로 몸을 부르르 떨었다.

"으음, 그게 정말인가?"

"예."

"그가 어디로 갔는지 아는가?"

"그건 저도 모릅니다. 언제 돌아온다고도 듣지 못했습니다."

"허어, 그럼 그야말로 기약없는 약속이 아니오?"

옆에서 듣고 있던 제갈세가의 장로가 끼어들었다. 서문량의 말에서 희망을 찾으려 해도 너무 뜬금없는 소리라 믿음이 가지를 않았다.

일로마협이 강하다는 것은 그도 안다. 하지만 지금 그들의 앞을 가로막고 있는 벽은 바로 천마이다. 그것도 전대 천마인 혈장천마보다 오히려 거대한 위협으로 느껴지는 새로운 절대자이다.

다른 사람들의 심중도 거의 비슷했다. 천마와 같은 강함을 얻어 돌아오겠다니? 그게 말처럼 쉽게 된다면 이미 천마는 천마가 아닐 것이다.

무릇 무공의 경지란 사람의 마음대로 되지 않는 것. 그렇지 않고 단순한 노력만으로 될 수 있다면 여기 있는 사람들 모두 오래전에 초절정의 경지에 들어섰을 것이다.

천마경은 둘째 치고 초절정고수의 벽만 해도 이렇게 사람을 골라 운명의 선택을 받아야 겨우 될 수 있는데 하물며 천마의 경지라니?

그러나 서문량은 그런 사람들의 생각이 틀리다는 듯 고개를 저었다.

"저는 오래전부터 일로마협과 알고 지냈습니다. 제가 아는 그 사람은 말보다 검이 앞서고, 생각보다 행동이 앞서는 사람입니다. 그리고 자신의 의지를 절대로 굽히지 않으며 한번 뜻을 세우면 다른 누구의 말도 듣지 않는 외골수입니다."

"그게 무슨 상관인가?"

"그리고 그는 일을 시작할 때는 침묵하다가 일이 끝난 다음에 말을 하는 자입니다. 일로마협이 천마의 강함을 얻기 위해 떠난다는 말을 했다는 것은 이미 그가 어느 정도 그런 경지에 도달했다는 것을 의미합니다."

"……."

서문량의 말에 사람들은 섣불리 반박을 하지 못했다. 믿음이 가지는 않지만 서문량의 말을 듣고 보니 그럴 수도 있다는 기분도 들었다. 아니, 믿고 싶었다.

서문량은 다시 말했다.

"일로마협은 검성께서 남기신 대정태극의 이치를 보고 큰 깨달음을 얻어 단숨에 초절정의 벽을 깼습니다. 하지만 대정태극은 초절정의 경지에 이르기 위한 구결이 아니라 합니다. 초절정 경지에 이른 다음에 사용될 무공이고, 그다음에 어떻게 나아가야 하는가를 가르쳐 주는 비결이라고 합니다. 일로마협은 그 뒤 마교와 정파의 무공을 비교하며 항상 무엇인가를 생각하곤 했습니다. 그러다가 그는 저에게 무엇인가 하나가 부족하다. 그것을 얻어야만 하늘을 꿰뚫을 무공을 얻을 수 있다고 말한 적이 있습니다."

"으음, 그렇다면 일로마협은 그 부족한 것이 무엇인지를 깨달았다고 봐야겠군. 그걸 얻기 위해 떠난 것이야."

"자세한 것은 저도 모릅니다만, 아마도 그럴 것입니다."

서문량은 일부러 단정을 짓지 않았다. 그러자 오히려 초산이 납득했다는 듯 고개를 끄덕이며 말했다.

"길이 보인다. 부족한 것을 알고 그것을 얻는 방법도 안다. 어쩌면……!"

"확실히 그렇소. 일로마협이 그렇게 말을 했다면 가능성이 없는 것도 아니오."

원래 무공의 단계가 대나무의 마디처럼 막혀 있는 것은 길을 아예 모르기 때문이다. 가령 외공의 단련만을 한 무인에게 기를 다루는 법과 내공을 쌓는 법을 가르치면 그는 기를 느끼기 전에는 내공을 쌓을 수 없을 것이다. 이것은 전에는 알지 못했던 감각이기 때문에 아무리 설명을 해줘도 스스로 깨닫기 전에는 소용이 없다.

그리고 기를 느끼고 내공을 쌓을 수 있다고 해도 그것을 몸 밖으로 발출하여 장풍이나 검기를 발하는 것이 또 어렵다. 몸 안에 쌓인 힘을 검이나 다른 무기에 실어내는 것은 또 다른 감각의 확장을 요구하는 것이다.

하지만 이 정도는 그 뒤에 비하면 오히려 쉽다. 강기! 그건 정말 선택받은 사람만이 만들어낼 수 있지 않은가?

그런데 강기를 마음대로 다루는 초절정의 경지 이후에는 무엇이 존재하는지 아는 사람도 거의 없다. 여기 있는 자들도 초절정고수와 천마가 어떻게 다른가를 이해하지 못하고 있는 것이다.

그런데 일로마협은 그걸 안다고 한다. 그리고 그걸 얻을 수 있다고 했다.

"일로마협을 찾아야 하오."

"그렇소. 그가 정말로 천마를 상대할 수 있는 무공을 얻었다면 충분히 마교와 싸울 수 있다. 무황천마 단 한 사람이 두

려울 뿐이지 그를 뺀 다른 전력은 무림맹이 충분히 상대할 수
가 있다."

눈을 빛내며 흥분하는 사람들에게 서문량은 말했다.

"찾을 필요는 없습니다. 단지 준비하며 기다리면 됩니다.
그가 오지 않을 거라는 생각은 할 필요도 없습니다. 모든 일
은 그가 깨달음을 얻고 돌아온다는 전제하에 처리하면 됩니
다. 그렇지 않다면 어차피 우리에게 길은 없습니다."

"맞는 소리요. 서문 군사의 의견에 본인도 동의하오."

초산이 서문량의 편을 들자 다른 사람들도 하나둘씩 고개
를 끄덕였다. 가뭄에 말라가는 듯 시들어진 얼굴에 조금씩 빛
이 나기 시작했다.

아직 절망하기에는 이르다. 희망은 남아 있다. 중요한 것
은 희망이 현실이 되었을 때 그들과 그들의 문파가 힘을 잃지
않고 남아 있어야 한다. 그래야 천지번복이 일어난 후에 영광
을 얻을 수 있다.

"서문 군사께서 계획을 세워주시오. 우리 무림맹의 힘을
보존하고 숨길 수 있는 계획은 서문 군사만이 세울 수 있소."

결국 그들은 서문량을 다시 무림맹의 군사로 추대했다. 하
지만 서문량은 거절을 했다.

"이것은 돌려 드리겠습니다. 새로운 군사께 전해주십시오.
저는 이제 천외신무회로 돌아가 나오지 않을 것입니다."

　서문량이 초산에게 내민 것은 바로 개성의 신물인 청죽봉이었다. 청죽봉을 보자 사람들의 안색이 변했다. 그들은 이미 약속을 어겼다. 청죽봉의 권위를 무시한 것이다.

　물론 그들이 무시한 것은 아니다. 이 자리에 없는 다섯 명의 장로가 고집을 피웠다. 그러나 초산은 그걸 용인했다. 공동파와 원한을 맺고 싶지 않았기에 청죽봉의 권위를 지켜주려 하지 않았다.

　단지 초산뿐만이 아니다. 그 자리에 있던 이들 중 청죽봉의 권위에 정면으로 대항한 이들을 꾸짖은 이는 아무도 없다. 당시 상황을 보면 서문량의 말을 지지해 주는 사람이 없어 허사가 되었다.

　초산의 낯빛이 어둡게 변했고 다른 이들 또한 가책을 숨기지 못하고 굳은 얼굴이 되었다. 그들은 애타는 심정으로 서문량의 표정을 살피기에 여념이 없었다.

　'훗. 개인적으로 감정이 상해 화를 내는 것으로 보여선 안되지.'

　서문량은 속으로 생각하면서 특유의 온화한 표정을 잃지 않으면서도 말을 이어갔다.

　"쌍성께서 물러나신 이후, 저는 여러 대문파의 위엄을 거슬리기에는 너무나도 작은 인물일 뿐입니다. 그러니 합당한 권위를 지니신 분께서 앞으로의 일을 주도해야 할 것입니다."

서문량은 더하여 그동안 자신의 말에 따라준 것에 대해 사의를 표하며 정중히 인사를 했다. 그의 표정 어디에서도 사심이나 원망 따위는 찾아볼 수 없었다.

그저 자신의 힘이 닿지 못하니 물러난다는 듯 초연하기만 했다. 하지만 오히려 그런 단호하면서도 온화한 태도에 그 누구도 차마 잡을 생각조차 하지 못했다.

차라리 약속을 지키지 않은 이들을 원망하거나 비꼰다면 개인적인 분노로 생각하여 최선을 다해 풀어줄 일이다. 하지만 지금 서문량의 말에는 그러한 사감이 전혀 보이질 않는다.

완벽한 계획을 세워도 그것을 시행할 사람들이 따라주지 않는다면 무용지물이다. 실제로 알려진 상황과 정보에서 서문량의 최고의 길을 제시했었다. 그러나 그것을 정면으로 거슬러 화를 자초한 것은 자신들이었다.

사람들은 고개를 들지 못했다. 사실 말이야 바른 말이지 앞으로 그런 일이 또다시 일어나지 않으리라고는 누구도 장담할 수 없었다.

그 뒤 서문량은 사람들에게 혼자 있기를 청했다. 그의 내공은 다른 사람에 비해 손색이 있기 때문에 아직 기력을 제대로 회복하지 못했다. 휴식이 필요했다.

사람들은 아무 말 하지 못하고 단지 가슴속에 일로마협에 대한 생각만을 품고 방을 나섰다.

　며칠 후, 무당파의 장로가 서문량을 찾아왔다. 그는 품속에서 하나의 물건을 꺼내 서문량에게 건넸다. 그것은 하나의 검이었다.

　"이것은 우리 무당파의 조사께서 쓰시던 검이오. 이걸 맡아주시오."

　"조사께서 쓰시던 검이라면 태청보검이 아닙니까?"

　서문량은 놀란 얼굴로 검을 보았다. 과연 검집에 태청이라는 글씨가 양각되어 있었다.

　"그렇소. 태청보검의 권위는 장문인도 거슬릴 수 없는 것. 서문 군사께서는 이걸 맡으시고 우리 무당파의 앞일에 대해 가르침을 주시오."

　"장로님……."

　서문량은 감동했다. 진심이었다. 태청보검을 그가 맡아가지고 있는 한 무당파는 그의 의견에 절대로 반대할 수 없는 것이다. 잠시 입을 다물고 상대의 눈을 보던 서문량은 고개를 숙이며 답했다.

　"이렇게까지 저를 믿어주시니 부족하나마 최선을 다하겠습니다."

　"그게 가장 좋은 일이오. 허허허."

　그렇게 서문량은 무당파의 조사신물인 태청보검을 손에

넣었다. 그런데 일은 그것으로 끝나지 않았다. 며칠 후에는 소림사에서 장문의 정표인 녹옥불장을 보내왔다.

"혹시라도 마교가 우리 소림사를 쳐서 이걸 훔쳐 가면 큰 일이 아니겠소? 그러나 당분간 서문 군사가 맡아서 천외신무회에 숨겨주시오."

그 뒤로 계속해서 무림맹의 주축이 되는 문파들이 자파의 최고 권위를 지닌 신물을 보내왔다. 특히 청죽봉을 무시하고 비무에 나간 다섯 문파는 장문인이 직접 달려와 사죄를 하기까지 했다.

나중에 알고 보니 청죽봉의 권위를 무시한 것이 개성의 귀에까지 들어갔다고 한다. 그리고 서문량이 무림맹의 일에서 손을 뗀다는 말에 현 개방방주이자 개성의 제자인 불쾌구개 독통이 직접 이곳에 와서 다른 장로들을 모두 모아놓고 난리를 피웠다는 것이다.

그것은 명목상 회의였지만 사실상 독통의 성깔 부리기 무대였다. 하지만 독통이 화난 이유는 잃어버린 신의에 대한 것이었기에 다른 장로들은 찍소리도 하지 못했다.

그리고 회의 결과, 그들은 책임을 지기로 했다. 어차피 지금 모든 문파를 아우를 수 있는 사람은 없다. 오직 서문량만이 가능한 것이다. 사람들은 서문량의 지모를 인정하고 이 상황에서 무림맹의 앞길을 열어줄 수 있는 사람은 그밖에 없다고 결론을 내렸다.

무조건적인 신뢰. 그들은 서문량에게 그것을 제공하기로 결의했고 그 증거로 각파의 권위를 담은 신물을 서문량에게 맡기기로 한 것이다.

이것이야말로 무림맹이 결성된 이후 처음 있는 일이다. 아마 앞으로도 없을 것이다. 서문량은 그의 앞에 놓인 신물들을 보며 한숨을 내쉬었다.

'일이 이렇게까지 잘될 줄이야. 그냥 장문인의 명예를 건다는 서약서 정도면 충분한데, 신물이라니. 하하하.'

앞으로 일하는 게 백배는 쉬워질 거라고 생각하니 자꾸 웃음이 나오려고 했다. 하지만 상황이 워낙 암울하니 웃을 수도 없었다.

그 뒤로 무림맹의 핵심 문파들은 서문량의 지시에 따라 자파의 힘을 안으로 감추는 일에 주력했다.

＊　　＊　　＊

혈뇌음사의 혈불은 소운에게서 얻은 반쪽짜리 진혼진언을 열심히 연구하고 있었다. 비록 반쪽이지만 내용에 거짓은 없다. 남은 부분은 그가 스스로 연구해서 얻을 수 있으리라 믿었다. 그러나 그게 말처럼 쉽지는 않았다. 아무리 천재라도 진혼진언 자체도 더할 나위 없이 고차원적인 정신 무학의 이론이 아닌가?

하지만 혈불은 포기하지 않고 하나하나 얽힌 실의 매듭을 풀 듯 진혼진언의 비밀을 풀어나갔다. 그에 따라 무공의 성취도 점점 높아져 이제는 양팔뿐만이 아니라 목 아래 상반신 대부분을 혈영강으로 바꿀 수 있게 되었다.

일단 혈영강을 일으키면 그의 상반신이 거의 투명하게 변한다. 몸속에 있는 뼈와 장기 역시 그렇게 변하기에 마치 붉은 유리로 된 움직이는 불상처럼 보인다. 인간의 경지를 넘어선 무공. 혈불은 육체 자체를 강기로 바꾸어가고 있었다. 그로 인해 글자 그대로 금강불괴의 경지에 도달하고, 또 그의 육체는 최강의 병기가 되는 것이다.

"십년지약, 그때에 중원은 나 혈불을 알게 되리라."

아직 시간은 많다. 다시 중원에 돌아갈 날까지는 진혼진언의 비밀을 모두 밝히리라. 혈불은 그렇게 결심했다.

그런데 요즘 혈불은 하나의 고민을 하게 되었다.

"몸을 바꿀 수는 있다. 그러나 머리까지 바꿀 수 있을까?"

전신이 홍옥처럼 반투명하게 변한다는 것은 머리까지 혈영강을 침투시키는 것을 의미한다. 그런데 아무리 생각해도 그런 짓을 했다가는 의식이 멈추게 될 것 같았다. 일단 의식이 멈추면 혈영강을 유지하려는 의지도 사라진다. 자칫 잘못하면 순식간에 전신이 가루가 되어버릴 수도 있다.

혈영공의 팔단계인 투영혈신의 경지에 오르기에 가장 큰 장애가 되는 것이 바로 이 머리의 혈영화다. 하반신은 시간만 있으면 자연스럽게 변해갈 것이지만 머리만큼은 다른 방법을 생각해 내야 한다. 그러나 생각이 나지를 않는 것이다.

"으으으, 눈앞에 보이는 투영혈신이건만 손으로 잡으려면 이렇게 멀구나. 역시 우리 혈뇌음사 최후의 무공이다."

혈불은 구마혈영공의 위대함을 다시 한 번 느꼈다. 세상의 어떤 무공도 이보다는 어려울 것 같지 않았다. 답은 없었다. 그저 새로운 세계를 스스로 깨달을 때까지 고민에 고민을 거듭할 뿐이다.

그러던 어느 날, 외부에서 혈불에게 비상시에 알릴 수 있는 방울이 울렸다. 딸랑하는 소리에 혈불은 명상에서 깨어나 의식을 밖으로 보냈다.

"무엇이지? 일로마협이 돌아온 정도의 큰일이 일어난 것인가?"

살아 있는 신으로 군림하는 혈불의 폐관, 그걸 방해하는 행위는 혈뇌음사의 위기가 닥쳤을 때뿐이다. 혈불은 서둘러 연공관에서 나갔다.

이미 연공관 입구에는 그의 제자인 칭타가 공손하게 서 있었다.

“무슨 일이냐?”

“일로마협이 이것을 보내왔습니다.”

“이것은!”

칭타가 내민 상자 안에 담겨 있는 것은 바로 혈불상의 머리 부분이었다. 몸통은 어디로 갔는지 없지만 머리만으로도 범상치 않은 요기를 뿜어내는 혈불상.

혈불은 그것이 혈뇌음사의 물건임을 한눈에 알아보았다. 그러나 지금까지 한 번도 본 적이 없는 물건이다. 심지어는 이런 상이 있다는 것도 몰랐다.

“으음, 이런 혈불상이 있었다니…….”

혈불은 그것을 들어 자세히 살펴보았다. 그러면서 그의 눈이 점점 붉게 빛났다. 내공을 일으켜 안력을 강화하기 시작한 것이다.

“선이 있군. 그리고 그 선에 따라 기운이 흐르는군.”

비밀은 바로 혈불상에 그려진 미세한 선에 있었다. 선에는 묘한 기운이 서려 있었는데, 그 기운은 인간의 힘으로 만들어져 상에 씌워져 있는 상태였다. 그것은 선을 따라 움직이고 있었다. 그로 인해 혈불상에서 무서울 정도의 요기가 일어나는 것이다.

“이건 조사께서 남기신 물건이다!”

혈불은 그렇게 결론을 내렸다. 그가 알기로 몸의 기운을 물

체에 남긴 채 유지하는 것은 혈뇌음사 특유의 수법이고, 이
정도로 세밀하게 기운을 남길 수 있는 사람은 역대에도 조사
이외에는 없었다. 무려 수백 년간이나 유지된 기운이다.

범상치 않다고 생각한 혈불은 혈불두상을 살피다가 잘려
진 목의 단면에서 하나의 글귀를 발견했다. 그걸 보자 혈불은
전신에서 살기를 내뿜었다.

목의 단면에는 이렇게 쓰여 있었다.


한 달 뒤에 중원에서 보자. 그때 이 불상의 몸통 부분을 돌려
주겠다. 일로마협.


"으으으, 일로마협. 네놈이 이제 보니 본사의 보물을 훔쳐
갔었구나!"

이게 어디서 나온 건지는 혈불도 모른다. 그러나 혈뇌음사
의 물건임에 틀림없다. 하물며 혈불상의 목만을 잘라서 보내
다니? 이건 혈불을 죽이겠다는 도전장이 아닌가!

혈불은 이를 바득바득 갈았다. 그동안 당한 것이 너무 크다
보니 일로마협이 얽힌 일에서만은 백오십 년의 정신 수양이
속절없이 깨졌다. 그런데 분노하던 혈불은 곧 화를 낼 여유를
잃어버렸다. 혈불두상의 선. 그것의 의미가 갑자기 그의 가슴
을 진동시켰다.

“크으으.”

혈불은 전신을 벼락에 맞은 것처럼 부르르 떨었다.

혈불두상의 선과 기운이 전하는 바는 바로 그가 요즘 고민하고 있는 투영혈신의 최고 요결이 되는 의지의 정착화에 대한 것이었다. 머리로 생각하는 것이 아니라 혼으로 생각을 하는 것! 혈불은 그걸 보다가 지금까지 막혀 있던 거대한 댐이 터지고 폭포처럼 쏟아지는 깨달음의 홍수를 느꼈다.

이것이라면! 그는 자신도 모르게 구마혈영공을 운용하기 시작했다. 그러자 혈불의 몸이 점점 붉은 기운에 물들며 투명하게 변했다. 팔부터 시작해서 몸으로 퍼지더니 심장까지 투명해졌다. 처음에는 심장이 뛰는 모습이 비춰 보이다가 아예 동작을 멈추고 물에 녹듯 사라져 버렸다. 그리고 하반신도 점점 변해갔다. 그렇게 목 아래가 모두 혈신화가 되니 이제는 머리를 향해 붉은 기운이 올라왔다. 혈불은 이제 그것을 거부하지 않고 받아들였다. 방법을 몰랐을 뿐, 능력은 이미 갖추고 있었다.

“크하하하하, 이것이다. 이것이 완벽한 투영혈신이다!”

혈불은 크게 광소했다. 그는 지금 몸이 젊어져 삼십대로 돌아간 듯한 기분이었다. 이 경지는 조사마저도 이루지 못했다.

혈뇌음사의 조사는 진혼진언에 대한 깨달음이 약했기에 끊임없는 생명력의 소모로 수명이 짧아져 죽었다고 했다. 그러나 지금 혈불은 그런 문제점에서도 벗어났다. 반쪽짜리 진혼진언이지만 그동안의 연구로 훌륭하게 혼을 안정시켜 투영혈신을 무리없이 펼칠 수 있게 된 것이다.

혈불은 지금 생애에서 가장 큰 기쁨을 맛보았다. 역사상 아무도 도달하지 못한 영역에 처음으로 발을 내딛었다는 생각에 잠시 일로마협에 대한 분노마저 잊었다.

하지만 기쁨의 감정은 오래가지 않는다. 반대로 분노는 집요하게 사람의 가슴속에 스며든다. 혈불은 곧 차가워진 눈빛으로 칭타에게 말했다.

"당장 준비를 해라. 중원으로 들어가 일로마협을 찾아야 한다."

"예."

칭타도 대충 상황을 짐작할 수 있었기에 그는 서둘러 준비를 하러 나갔다.

혼자 남은 혈불은 혈불두상을 손에 꼬옥 쥔 채 중얼거렸다.

"몸통을 찾아야 한다. 머리에 이런 요결이 남겨져 있는 것을 보면 몸에도 구마혈영공의 요체가 담겨 있을 것이다. 우리 혈뇌음사의 최고 무공이 중원에 퍼져서는 안 된다."

그러다가 혈불은 다시 참을 수 없는지 크게 웃었다.

"크하하하, 하지만 그자는 이걸 발견하지 못했군. 그렇지 않았다면 어찌 가장 중요한 머리 부분을 떼어 보냈겠는가? 이제 그놈이 혈불상의 비밀을 눈치 채기 전에 찾아서 제거하기만 하면 만사가 해결된다."

혈불은 일로마협이 자신에게 혈불두상을 보낸 것이 기연이라고 생각했다. 그리고 일로마협은 아직 혈불상에 담긴 구마혈영공의 요결을 알아차리지 못했다고 확신했다.

다음날, 일백팔 명의 라마승이 짊어진 혈불전용 대형가마가 혈뇌음사에서 출발했다. 십년지약은 아직 많은 시간이 남아 있었지만 이미 혈불에게는 그건 중요하지 않았다. 이번 중원행은 혈장천마와 싸우기 위함이 아닌 일로마협을 잡아 죽이러 가는 것이다. 그리고 이미 스스로 무적이 된 혈불은 혈장천마 따위를 안중에도 두지 않았다.

*     *     *

소운이 무황성의 성주가 된 후, 가장 먼저 시행한 일은 다름 아닌 마도문파의 건립이었다. 그는 천마신교의 장로들이 참석한 첫 회의에서 사람들에게 말했다.

"중원에 우리의 세력을 뿌리내리기 위해서는 가능한 한 피를 적게 흘리면서 세력을 넓혀야 한다."

소운은 천마신교가 중원에 천 년간 뿌리를 내릴 수 있는 방법을 새로운 십대장로들에게 설명했다. 이미 절대자가 된 소운의 의견을 무시하는 자는 없었다.

얼마 후, 중원의 곳곳에는 새로운 소문이 돌았다. 그것은 바로 무황성의 성주이자 천마신교의 교주이면서 새로운 천마인 소운의 이름으로 내려진 선포에 대한 소문이었다.

소문의 내용은 아주 간단했다.

—어떤 문파든지 간절히 원하기만 하면 일류문파가 될 수 있다!

이게 뭔 헛소리란 말인가? 지금까지 무공 비급을 개인에게 전해주는 것을 그럴 수 있는 일이라 하겠다. 하지만 일류문파가 될 수 있다니?

사람들은 의아함을 느끼고 소운의 발표한 선언문을 찾아 읽었다. 그곳에는 소문의 근원이 되는 일류문파 성립의 자세한 방법이 쓰여 있었다.

자고로 대문파가 되려면 뛰어난 무공과 그것을 익힌 일류고수들, 그리고 전통이 될 만한 관습과 규율이 있어야 한다. 그것을 유지하면서 시간이 지나면 세력이 형성되고, 문파에 대한 자부심 또한 강해진다.

너희들이 원하기만 하면 우리는 비급을 주고, 그것을 익히기에 충분한 영약 또한 주겠다. 뿐만 아니라 가장 빠른 시일 내에 무공을 익힐 수 있도록 본파의 고수들이 직접 무공교두가 되어

주겠다. 그들은 너희들이 스스로 문파를 지킬 수 있을 때까지 너희들을 지켜주기도 할 것이다.


"아니! 그럼 무황성의 무인들이 나와서 도와준단 말인가?"

"적어도 십 년을 파격적으로 밀어준다고 쓰여 있군! 절정 고수를 비롯해 실전부대까지 지원을 해주겠다고……."

이것은 정말 파격적인 일이다. 무황성의 이름을 빌어 천마신교는 자신의 휘하에 들어오는 문파를 선정해서 키워주겠다고 말하고 있었다.

그런데 그 밀어주는 문파의 선정 방법이 조금 특이했다.

우선, 지원을 하는 문파는 모두 황금 오백 냥을 무황성에 바쳐야 한다. 그러면 지원을 한 문파 중 하나를 선정해 모인 황금 중 절반을 몰아준다.

남은 절반은 무황성의 발전을 위해 쓰게 되고, 또 파견 나가는 고수들의 유지비에도 사용된다.

이런 대문파 지원 모집은 삼 년에 한 번씩 하게 되는데, 무공 비급과 고수들은 어느 정도 일정한 수준으로 정해져 있지만 자금만큼은 그때 모인 자금에 따라 크게 변할 수 있다는 것이다.

이것은 일종의 복권이다. 단지 판돈이 믿기 어려울 정도로 클 뿐이다.

사람들은 이 점에 의견이 분분했다.

"으음, 황금 오백 냥이라… 은자로 따지면 일만 냥이군."

"큰돈이야. 그런 돈이 있으면 굳이 무황성에 바치지 않아도 나름대로 잘나가는 문파란 소린데 뭣 때문에 모험을 할까?"

"모르는 소리! 정말로 무황성에서 적극적으로 밀어준다면 적어도 한 지방을 아우르는 대문파가 될 수 있는데 돈이 문젠가? 야심이 있는 문파는 없는 돈도 끌어다 모험을 할걸세."

"흥, 설마 그러려고? 상대는 마교 아닌가? 돈만 먹고 입을 씻으면 어디 가서 하소연을 하나. 그리고 설령 그자들이 신용을 지킨다고 해도 마교의 도움으로 큰 문파가 얼마나 오래가겠나? 스스로 중원의 공적이 되는 것이나 다름없는데 말이야."

"하긴 그도 그렇군."

대부분의 사람들은 말도 안 되는 웃기는 일이라고 생각했다. 마교의 사악한 놈들이 남에게 빼앗은 무공 비급을 아무에게나 전하더니 이제는 돈독까지 올라 자파의 무인들을 팔아먹는다고 욕하기까지 했다.

그러나 정작 무림맹의 수뇌부에서는 난리가 났다. 이 소식을 전해들은 무림맹의 장로들은 대부분 즉시 전력을 다해 천마신교를 쳐야 한다고 주장했다.

"그놈들이 이렇게까지 할 줄이야! 어떤 수를 써서든 막아야 하오!"

곤륜파의 장로인 수검관석 방대붕이 입에 거품까지 물며 외쳤다. 그는 새롭게 무림맹의 장로가 되었는데 마교에 대한 원한이 높기로 유명했다.

화산파의 대표인 초산은 방대붕의 의견에 고개를 끄덕여 동의하며 말했다.

"이 일은 무서운 음모라 생각되오. 처음에는 몰라도 시간이 지날수록 마교의 주구가 늘어날 터. 그러면 반대로 우리 무림맹이 설 자리는 점점 좁아질 것이오."

새로운 천마는 결코 무림맹에 대해 적대 행위를 하지 않았다. 천마신교의 다른 무인들도 거의 무황성에서 벗어나지 않았다. 사람들은 오히려 그런 조용함을 폭풍전야의 적막으로 생각하며 불안해했다. 하지만 이런 식으로 세력을 넓히려 할 줄은 몰랐다!

"정말 다른 소문파들이 마교의 음모에 넘어갈 것 같소?"

누군가가 물었다. 그 사람은 천마신교의 이번 사업이 실패로 끝나리라 생각한 듯했다. 그러나 서문량은 고개를 저으며 말했다.

"대의는 크지만 멀리 있고, 원한은 작지만 가까이 있습니다. 중원의 군소문파 중에는 인접한 대문파에 원한을 가지고 있으면서도 힘에 눌려 웅크리고 있는 곳이 적지 않을 것입니다. 그런 문파들 중에 몇 곳만 호응을 해도 나중에는 큰 문제가 발생합니다. 하물며 모집 자체도 비밀로 할 것이 뻔하니 의외로 지원문파가 많을 수도 있습니다.”

“으음…….”

대문파에 눌려 억울함을 삼키는 군소문파. 여기 있는 사람들은 모두 대문파 출신이다. 그런 만큼 서문량의 말에 반박을 하기도 뭐했다.

“그렇다면 어떻게 해야 하겠소?”

서문량은 강한 어조로 말했다.

“선출된 문파를 무슨 수를 써서든 멸문시켜야 합니다. 이건 사정을 봐줄 필요도 없습니다.”

“그게 가장 좋은 방법이겠군. 선택된 문파가 멸문된다면 마교도 사람들 앞에 할 말이 없을 거요.”

“그렇지요. 천마는 어차피 무황성에 있으니 다른 곳에 있는 문파 하나야 쉽게 손을 쓸 수 있을 겁니다.”

“어쩌면 오히려 잘된 것일지도 모르겠구려. 마교에서 얼마나 많은 고수들이 나올지 모르지만 나오는 놈들은 모두 살아서 돌아가지 못할 거요.”

사람들은 좋아했다. 그렇지 않아도 싸우고 싶은 마음이 굴뚝같지만 천마 때문에 기를 못 펴고 있는 자들이다. 기회가

왔다고 생각하니 투지만만하여 이 기회에 마교에게 한번 제대로 철퇴를 가하자는 분위기였다.

그때 서문량이 말했다.

"하지만 우리 무림맹이 대놓고 공격할 수는 없습니다. 천마가 무림맹을 칠 어떤 대의명분도 주어서는 안 됩니다. 그러니 따로 비밀전투부대를 결성해야 할 겁니다."

"그야 이를 말이겠소? 아주 정예로 구성을 합시다."

"직접 가고 싶을 정도요!"

며칠 뒤, 장로 두어 명을 낀 무림맹의 핵심전투부대 상당수가 비밀리에 떠났다. 그러나 그들은 곧 돌아올 수밖에 없었다.

"뭐라고! 혈불이 다시 중원으로 오고 있다고!"

"십년지약은 어떻게 된 거지? 그자는 신의도 없단 말인가?"

무황성과 새로운 마도문파 육성일로 머리가 복잡하던 사람들에게 혈불의 중원도래는 엎친 데 겹친 격이라 할 수 있겠다. 그런데 더 놀라운 정보가 며칠 뒤에 들어왔다.

서문량은 사람들을 모아놓고 말했다.

"혈불은 일로마협의 목을 원하고 있다고 합니다. 일로마협이 서장까지 가서 혈뇌음사에서 난리를 피웠다고 하더군요."

"어허, 일로마협이 서장에 갔었다니. 그렇다면 그가 찾던 것이 서장에 있었단 말인가?”

“뿐만 아니라 일로마협은 혈불에게 도전을 했다고 합니다. 이번에 혈불은 일로마협의 도전을 받아들여 중원에 오는 것이라는군요.”

“일로마협이 혈불에게 도전을!”

혈불에게 도전을 했다는 것은 정말로 큰 의미가 있다. 드디어 일로마협이 혈불과 비슷한 경지에 도달한 것이다. 사람들의 눈빛이 감동으로 맹렬하게 물들었다.

그때 서문량이 웃으면서 말했다.

“이미 저에게 일로마협의 서신이 와 있습니다. 그것은 ‘혈불은 중원에 들어오지 못할 것이다’ 라는 내용입니다.”

“오오오, 그렇다면 일로마협은 옥문관 바깥쪽에서 혈불과 싸울 셈이구려.”

“가서 봐야 합니다. 이건 절대로 직접 확인해 봐야 할 일입니다.”

“서둘러 옥문관으로 떠납시다.”

이미 마교의 마도문파 육성책 따위는 그들의 안중에 없었다. 일로마협이 정말로 혈불과 싸워 이긴다면 근원적인 일이 아주 쉽게 해결되는 것이다. 그들은 만사 제치고 옥문관으로 향했다.

그사이 무황성에서는 제일차 마도문파 선정을 끝냈다. 사람들이 우려한 대로 상당히 많은 문파가 비밀리에 지원했다.
그 위에 소운은 더욱 사람들의 시선을 끌기 위해서 지원문파
의 수를 뻥튀기했다. 모금한 자금뿐만 아니라 따로 천마신교
의 자금까지도 동원을 해서 그걸 모금 금액의 절반이라고 내
놓으니 중원의 무림인들은 비밀리에 지원한 문파의 수를 실
제의 세 배라고 생각했다.

대박을 맞은 선정 문파는 상양의 군소문파인 화우문. 원래
상양에서도 그다지 크지 않은 문파였고, 인근의 대문파인 태
을무문의 아들에게 딸이 강간을 당하고도 오히려 그 사실을
숨겨야만 했던 문파다. 문주인 염파도 화상이 속으로 피눈물
을 흘리고 있다가 이번에 이를 악물고 숨겨놓은 재산을 모두
동원하여 모험을 한 사연이 있다.

그런 화우문이 순식간에 엄청난 자금과 양강지공 계열의
최고급 비급, 그리고 수많은 고수들을 지원받았다. 놀랍게도
그중에는 천마신교의 최고의 전투부대인 수라혈살대도 끼어
있었다. 그리고 그걸 통솔하고 있는 사람은 바로 천마의 사매
이자 초절정고수인 공손설과 오장로인 고목신군이다. 이 정
도면 무림맹과 전쟁을 치러도 충분히 버틸 수 있다고 봐야 한
다.

그들은 화우문에 도착해서도 전혀 거드름을 부리지 않고,
항상 점잖게 행동했다. 그리고 그들의 무공을 아낌없이 화우

문의 문도들에게 가르쳤다. 그 뒤 상양땅에서 화우문은 점점
자리를 잡아갔고, 천마신교의 무인들에 대한 평판은 나날이
좋아졌다.

첫 번째 마도문파의 지원책이 성공리에 끝난 것이다.

第八章

# 천하쌍웅(天下雙雄)

어떤 강한 자라도 천적이 존재한다

說南斗延壽保禳時老君告天師曰

天八會之真文三洞三清之上

彙道元始天尊昔經歷于億萬劫天地始終

太上說南斗延壽保禳

安真經太上說南斗

此經乃九天八

興衰而人倫五運遷變萬彙

# 천하쌍웅(天下雙雄)

어떤 강한 자라도 천적이 존재한다.
천마도 영원한 무적은 아닐 것이다

옥문관의 앞에 모인 사람들은 간절한 표정으로 무엇을 차고 있었다. 그들이 찾는 것은 다름 아닌 한 사람이었다.

"저기다!"

누군가가 외치며 손가락으로 한쪽 산봉우리를 가리켰다. 모든 사람들의 시선이 그쪽으로 쏠렸다. 과연 누군가가 말을 타고 산을 넘어오고 있는 모습이 보였다.

검은 철립으로 얼굴을 가리고 가죽을 댄 피풍의를 입은 모습이 소문으로 듣던 일로마협과 같았다.

와아아아!

사람들은 함성을 질렀다. 비밀리에 왔기 때문에 많은 사람이 모일 수는 없었지만 하나같이 무공의 고수들이다. 함성의 소리가 땅과 하늘을 진동시켰다.

일로마협의 복장을 한 소운은 그런 사람들의 함성을 듣고도 아랑곳하지 않고 옥문관 앞쪽까지 말을 달렸다. 그리고 적당한 장소에 내린 후, 말의 엉덩이를 쳐서 다른 곳으로 보냈다.

그리고는 검을 뽑아 든 채 옥문관을 등지고 우뚝 섰다.

중원을 지키겠다는 듯 옥문관 앞에 버티고 선 일로마협의 모습은 사람들에게 말 못할 감동으로 다가왔다. 하지만 아무도 그에게 다가가지는 않았다. 지금 일로마협은 혈불과의 큰 싸움을 앞두고 마음으로 싸울 준비를 하고 있다. 이를 방해할 수는 없었다.

시간이 흘렀다. 그러자 북서쪽으로부터 범창 소리가 들렸다. 그리고 동시에 땅이 흔들렸다. 백 명의 라마가 내공을 써서 범창을 부르며 발을 맞춰 땅에 내딛는 것이 모습이 보이기도 전에 사람들에게 전해졌다.

쿵, 쿵, 쿵.

구경하던 사람들은 급히 내공을 일으켜 중심을 잡았다. 범창과 땅의 울림은 사람의 균형 감각을 잃게 하는 힘이 있었기에 방심하다 쓰러질 수 있었다.

잠시 후, 드디어 거대한 가마가 모습을 드러냈다. 그것은 처음에는 조그맣게 보였다. 그러다가 점점 크게 보이면서 범창 소리와 땅의 진동도 심해졌다.

일로마협의 모습을 한 소운은 그 진동이 마음에 들지 않았다. 그는 검을 들어 강하게 땅에 꽂았다.

팍.

지맥을 따라 소운의 기운이 퍼지며 땅에 미세한 균열을 일으켰다. 그러자 라마승들이 일으킨 진동이 그 균열에 의해 차단되어 더 이상 주변으로 퍼지지 않게 되었다. 이 한 수로 소운은 혈불에게 자신이 얼마나 강한가를 보인 셈이다.

혈불은 천천히 고개를 끄덕였다. 그러자 가마가 멈췄다.

"발전했군."

혈불이 입을 열자 사방의 바람이 그의 말소리를 전했다. 육합전성이라는 말에 어울리게 모든 사람이 혈불의 속삭이는 듯한 목소리를 들을 수 있었다.

소운도 같은 수법으로 대답했다.

"나는 그대와 천마를 물리칠 때까지 쉬지 않고 강해질 것이다."

"과연 중원 최고의 인재다. 네놈이 내 제자가 되었으면 좋았을 텐데……."

막상 소운을 보니 혈불은 새로운 미련이 생기는 듯했다. 따지고 보면 혈불의 무공을 가장 잘 이해할 수 있는 인재라고는 소운밖에는 없는 것이다. 이제는 소운이 원해도 제자로 받아들일 마음은 없지만 그래도 아쉬운 마음을 말로는 표현을 해보았다.

그러나 소운은 코웃음을 쳤다.

"혈뇌음사를 통째로 불태워 재를 만들면 정신을 차릴 건가? 혈불, 그대가 아무리 스스로를 독보적이라 주장해도 그걸 인정하는 사람은 많지 않다."

"크흠, 다른 사람의 생각은 중요하지 않지. 시간이 흐르면 저절로 알게 될 테니까. 네놈부터 그걸 알게 되겠지."

혈불의 살의가 다시 타올랐다. 그의 의지가 곧 기운이 되어 사방으로 퍼졌다. 구경하던 모든 사람들이 모두 뼛속까지 느낄 수 있도록 전혀 제어하지 않았다.

스스스스.

혈불의 몸이 점점 붉게 변했다. 과거 마양평야에서 혈장천마와 싸울 때처럼 붉은 강기로 몸을 감싸는 것과는 차원이 달랐다. 몸 전체가 강기화 되어가는 것이다. 그 살기는 과거와는 비교도 할 수 없었다.

"내가 너를 죽이기로 한 이상, 너는 죽음을 피할 수 없다."

완전히 혈신화 한 혈불의 입에서 흘러나온 소리는 인간의 목소리가 아니었다. 그것은 정말로 염라대왕의 선언처럼 들렸다. 사람들은 그런 혈불의 경지를 이해할 수 없지만, 그래도 몸에 스며드는 살기에 숨을 죽였다.

하지만 소운은 전혀 그 기운에 영향을 받지 않았다. 혈불도 그런 기대는 하지 않았다.

소운은 속으로 웃었다.

'머리를 보낸 보람이 있군. 제대로 익혔어.'

완벽한 혈신화는 일단 때깔부터 다르다. 그리고 사람들에게 끼치는 영향력도 상대가 안 된다. 혈불의 의지력은 인간의 한계를 넘어선 것이고, 그 파동은 내공으로는 막을 수 없다.

소운은 검을 들어 하늘을 가리켰다.

"천의를 대신해서, 너를 치겠다."

차가운 말. 하지만 그 말은 몸을 떨고 있던 사람들의 머리를 식혔다. 동시에 소운의 몸이 사라졌다. 그리고 혈불이 있는 장소의 바로 위에 나타났다. 너무 빨라서 거의 보이지도 않은 모양이다. 하지만 혈불은 느긋하게 손을 들어 올려 소운의 검을 막았다.

카앙.

두 힘이 부딪치며 충격파가 땅을 뒤집어 업었다. 동시에 혈불의 몸에서 나온 붉은 기운이 점점 부풀어 안개처럼 주변을 덮었다. 소운의 몸이 그 핏빛 안개에 먹히듯 덮였다.

"아, 좋지 않다!"

사람들은 걱정 어린 시선으로 그곳을 보았다. 먼저 공격한 것은 소운이다. 이건 소운이 하수일 가능성을 아주 약간 보인다. 거기에 혈무 속에 소운이 들어갔다. 모르긴 몰라도 혈무 안은 혈불의 공간일 것이다.

꼭 그렇다는 것은 아니지만 무인들의 일반 상식으로 볼 때 소운이 불리했다.

그래도 포기를 하기에는 이르다. 사람들은 숨을 죽이고 두 사람이 싸우는 지점을 지켜보았다. 이제는 혈무에 시선이 가려 아무것도 보이지 않았지만 그래도 눈을 뗄 수가 없었다.

가끔씩 안에서 날카로운 파공음이 일며 안개가 갈라지기도 했다. 그러면 그 사이로 소운의 모습이 보였다가 사라졌다. 아직 소운은 상처 하나 입지 않았다. 그러나 무인들은 알고 있었다. 이런 싸움에서 상처를 입는다는 것은 곧 패배를 의미한다. 호신강기를 몸에 겹겹이 두르는 절대고수들의 싸움! 승부를 예측하는 것은 불가능하다.

"이길 수 있겠나?"

초산이 긴장한 목소리로 서문량에게 물었다. 그러면서도 여전히 시선은 돌리지 않고 고정되어 있었다. 서문량도 마찬가지로 고개를 돌리지 않은 채 대답했다.

"알 수 없습니다. 단지 믿을 뿐입니다."

"그렇지."

그들은 두 절대고수의 앞에서 자신들이 할 수 있는 일이 아무것도 없음을 알았다. 한계를 뛰어넘은 사람들이 출현하니 상식이 모두 파괴되었다.

그들이 할 수 있는 것은 그저 구경하는 것뿐이었다.

소운은 그런 사람들의 시선을 느끼고 있었다. 혈무도 그의 감각을 흐리게 할 수는 없었다. 물론 혈불은 그 사실을 알지 못한다. 고수는 하수의 경지를 보지만 하수는 고수의 경지를 느낄 수 없다. 혈불이 비록 절세의 고수라 해도 소운은 더 윗줄에 존재한다.

소운의 상대는 혈불이 아니다. 바로 천하다.

"때가 되었군."

소운은 이제 결판을 내기로 했다. 그는 자신의 몸에 명령을 내렸다. 지금까지처럼 혈불과 필사적으로 싸우게 했다. 그리고 그는 자신의 혼을 육체로부터 해방시켰다. 그리고 그걸 하나의 검으로 만들어내었다.

단혼의 검! 혼을 베어내는 것은 역시 혼밖에 없다.

혈불의 인상이 살짝 일그러졌다. 그는 소운의 몸에 무엇인가 변화가 일어났다는 것을 눈치 챘다. 그런데 그게 왜 그런지는 알지 못했다. 그의 본능이 위험을 알리고 있는데 그 이유도 몰랐다.

그 순간, 그의 의식은 소운의 혼을 보았다. 동시에 둘로 갈라졌다.

파캉.

의식이 몸을 떠나자 혈신체가 소리를 내며 부서졌다. 그리고는 가루가 되면서 흔적도 없이 사라졌다. 그렇게 승부는 끝났다.

새로운 중원의 희망이 탄생하는 것을 모든 사람들이 똑똑히 보았다.

*　　　*　　　*

일로마협이 혈불을 이긴 것은 바람보다 빠르게 중원에 퍼졌다. 개방을 비롯해 무림맹의 사람들이 필사적으로 소문을 퍼뜨렸다.

이에 무황성에서는 무황천마의 이름으로 선언을 했다.

"중양절이 되었을 때, 무황천마께서는 무황성 앞에서 일로마협을 기다릴 것이다. 그리고 그 승자가 새로운 무황성의 성주가 된다."

당당한 비무선언. 다시 중원은 끓어올랐다.

그러나 정작 중양절이 되었을 때, 일로마협은 무황성 앞에 나타나지 않았다. 대신 무림맹의 숨은 군사인 서문량이 무황천마에게 한 장의 서신을 꺼내 크게 읽고 무황천마에게 전했다.

그곳에는 일로마협의 친필로 이렇게 쓰여 있었다.

내가 아직 그대를 넘지 못함을 안다. 하지만 언젠가는 넘을
것이다. 그때에는 비무가 아닌 척마멸사를 위해 그대를 찾으리
라.

"크하하하하하하!"
무황천마는 서신을 읽고는 크게 웃었다. 그리고는 그 자리
에 모인 사람들에게 선언했다.
"일로마협이 무황성을 찾으면 아무도 막지 말라. 내 그자
가 정말 나를 넘을 수 있는지 보고 싶구나."
그 말을 끝으로 무황천마는 무황성 안으로 들어가 버렸다.
경천동지할 싸움을 보러 온 사람들은 헛물만 켠 셈이 되었다.
그러나 그들은 실망하지 않았다. 서신에서 일로마협의 의지
와 패기를 느낄 수 있었기 때문이다.
그렇게 세상은 두 사람의 절대자들에 의해 좌지우지되게
되었다.
천하제일고수인 무황천마는 그 뒤로도 삼 년에 한 번씩 마
도문파를 일으켜 세웠다. 그리고 그때마다 막대한 자금을 거
두어들였다. 물론 그 자금을 정확하게 절반으로 나누어 선택
된 마도문파에게 나누어 준 것은 아니다. 그런 짓은 처음에만

하면 된다. 비밀 지원한 문파들이 원하는 것은 돈이 아니니 적당한 수준으로 발표를 하고 나머지는 뒤로 빼돌렸다.

소운은 그걸 모두 비밀리에 천외신무회로 보냈다. 서문량은 삼 년에 한 번 오는 그 막대한 자금으로 미리 계획된 일들을 진행시킬 수 있었다. 그것은 무림맹에서도 모르는 소운과 서문량만의 비밀 사업이었다.

소운이 천마가 되기 전, 그 둘은 모든 것을 계획했다. 소운은 그때 말했다.


"앞으로 당분간은 내가 천마신교의 교주로 무황성을 다스리며 마도의 힘을 키우겠어. 하지만 진정으로 힘을 키운다기보다는 그러면서 무공 자체에 힘을 주어 마인들에게 최대한 욕망을 끊게 만드는 거야. 그사이 사제는 천외신무회를 이용해서 정파의 정기를 회복하고 무공 수준을 끌어올리도록 해."

"때가 되면 일로마협이 무림맹주로 무황성을 이어나가고 세상에 정도의 기치를 세우는 거야."

"그 뒤로 어느 정도 안정이 되면 천외신무회 자체를 모두 어둠 속에 묻어버리자고."

"원래 천외신무회는 없는 거나 마찬가지잖아. 이걸 끝까지 이용하는 거야. 세상이 어지러울 때에만 나타나는 신비의 조직으로 만들어 버리는 거지. 사람들에게 그렇게 믿게 하는 걸로 천외신무회는 영원히 남아 있게 돼."

"그리고 천외신무회가 얻은 것들 중 무공에 관한 것을 내가 정리해서 하나의 관문을 만들겠어. 어느 수준 이상의 무인이 왔을 때에 도움이 되도록 말이야. 이걸 한 개가 아니라 단계별로 만들어서 인연자의 수준에 맞는 기연을 계속해서 제공하자고. 그걸 정도무림인들에게 전하면 만약 마도천하가 와도 몇 번은 정파의 무인들은 천외신무회의 기연을 만나 정기를 회복할 수 있게 될 거야. 그 정도가 우리가 할 수 있는 한계가 아닐까?"


마도천하로 거두어들인 자금으로 정파의 기연을 만든다. 정파는 굴욕의 세월을 보내며 정화되고, 굶주림은 의지로 바뀔 것이다. 소운은 이대에 걸쳐 무황성주를 하며 그가 생각한 방법으로 천하를 안정시킨다.

황당해하는 서문량에게 소운은 웃으면서 말했다.

"응, 남는 자금은 은무곡에서 사용하자고. 너무 고민할 필요 없어. 이 정도면 정말 양심적인 거니까."

"양심적인지는 모르겠지만, 그게 이 상황에서 최선일지도 모르지요. 알겠습니다."

결국 소운이 만들려는 것은 정마천하다. 서문량은 그냥 그러려니 하기로 했다.

사실 마도가 중원에 자리를 잡는 것이 그다지 나쁘다고 할 수도 없었다. 마도가 없으면 정도가 마도화 된다는 것은 서문 량도 부정하기 어려웠다. 가장 중요한 것은 소운의 뜻대로 중 원의 무공 자체가 발전하는 것과 민초들이 무공을 익힌 자들 에게 괴롭힘을 당하지 않는 것. 그리고 천하에서 모은 재물로 은무곡이 풍족한 의료 연구를 계속할 수 있다는 점이다.

그날 이후 모든 것이 계획대로 흘러갔다.


*          *          *


세월이 흘렀다.

소운은 삼십 년간 무황천마로서 무림의 정점에 군림했다. 그로 인해 천마신교는 이미 중원에 뿌리를 내리고, 그들을 지 지하는 다른 아홉 개의 마도문파 역시 무너지지 않을 기반을 닦을 수 있었다.

그사이 정파의 구대문파와 오대세가는 마음속의 허영을 완전히 버리고 목숨을 걸고 거대한 마와 맞서 싸울 수 있는 힘을 쌓아 올렸다. 무려 삼십 년에 걸쳐 천외신무회를 주축으 로 새로운 무인들을 길러낸 것이다.

사람들은 여전히 일로마협을 기다렸다. 그가 나타나 무황 천마를 꺾기를 꿈속에서도 원했다. 그러나 아무도 일로마협 을 찾을 수 없었다.

그런데 그때 무림계에 큰 이변이 일어났다. 바로 무황천마가 은퇴를 선언하고 잠적한 것이다.

한 가지를 새롭게 얻었다. 이제 나에게 다른 것은 아무런 의미가 없다.


무황천마가 남길 글에 나온 한 가지가 무엇인지 아는 사람은 없다. 혹자는 무황천마가 진정한 마선이 되어 우화등선을 했다고도 했다.

그리고 그 후에 일로마협이 나타났다. 마도문파와 정도무림맹의 전쟁이 시작되려 할 무렵이었다. 그는 한숨을 쉬며 말했다.

"조금만 더 시간이 있었으면… 하지만 이미 그는 떠났는가!"

일로마협은 원래 무황천마가 떠난 것을 알고 그대로 은거하려 했다고 한다. 그러나 무림이 다시 혼란에 빠질 것 같자 어쩔 수 없이 나왔다는 것이다.

결국 일로마협은 새로운 무황성주가 되었다. 그는 삼십 년 동안 무공을 수련하며 성격이 부드러워졌는지 마도문파들을 심하게 핍박하지 않았다. 어쩌면 사라진 무황천마를 기다리느라 경거망동을 하지 않는지도 모른다. 사람들도 더 이상 마도를 중원에서 몰아내야 한다고는 말하지 않았다. 삼십 년이란 세월이 세상의 인식을 바꾸어놓았다.

어쨌든 무황천마가 은거를 하고, 삼십 년 만에 일로마협이 새로운 무황성주로 등극을 했다. 긴 어둠을 참고 견딘 끝에 정도천하가 온 것이다! 사람들은 환호했다. 아직도 무황성에는 여전히 마도의 사람들이 남아 있었다. 주도권이 정파로 넘어왔을 뿐이다.

일로마협으로 행세하는 소운과 천외신무회의 서문량이 알게 모르게 그것을 주도했다.

"이것으로 되었다. 이제 앞으로 삼십 년간은 정파의 천하다."

서문량은 그렇게 중얼거렸다. 천하를 속이는 인생이었지만 후회는 하지 않았다. 서문량은 그와 소운이 자신들이 결정한 인생을 살았다고 생각했고, 그것이 성공한 것을 기쁨으로 받아들였다.

『칠대천마』 完

 **칠대천마를 끝내며…**

    조금 색다른 무협을 쓰고 싶었습니다. 그런데 쓰다 보니 많이 색다른 무엇인가가 되었군요. 의도한 만큼 글이 잘나가지는 않았고, 무협의 본질과는 많이 다른 글이 되어버렸습니다. 그 점에서는 많은 반성을 했습니다.

    원래 이 글은 협과는 조금 다른 주제로 시작된 글이니만큼 어쩔 수 없는 부분도 있다고 생각합니다. 세상을 속이는 이야기이니까요.

    그래도 나름대로 하나의 주제를 가지고 상상하며 일곱 권이라는 책을 내는 일은 재미있었습니다. 단지 처음 구상했던 에피소드들 중 몇 개가 글을 쓰면서 흐름상 빠지게 된 것이 안타깝기는 합니다. 조금 더 기발하고 재미있는 여러 가지 '수작' 들이 계속 나올 수 있었는데 말입니다.

어차피 그런 아이디어가 어디로 사라지는 것은 아니니 다른 작품에서 사용하면 될 것입니다만, 글을 쓰다 보면 욕심이 하늘을 가려 버리기 때문에 정말 제 머릿속에 든 모든 것을 쏟아 부어버리고 싶어지는군요.

다음 작품에서는 완전연소를 노리고 열심히 써보겠습니다.

그럼 지금까지 칠대천마를 읽어주신 독자분들께 감사의 인사를 드리며 이만 물러갑니다.

2008년 1월
김운영

# 입소문을 통해 아는 분은 다 알고 계십니다!
# 올 한해 공인중개사 최고의 화제작!

1~2권 합본 | 이용훈 지음
3~4권 합본 | 이용훈 지음
5~6권 합본 | 이용훈 지음
용어 해설 | 이용훈 지음

## 수험생 기본 필독서
# 만화 공인중개사

### 제목 : 만화공인중개사 쓰신 분에게 감사드립니다.

학원을 두 달 다녔어요. 근데 과연 그 숫자 외우기 그런 게 몇 문제나 나올까 생각을 했어요.
아니라는 생각이 드네요. 학원강의를 뒤로하고 서점을 갔어요. 내 머리에 가장 이해될 수 있는
책이 없나 하구요. 거기서 만화를 발견했어요. 무조건 세 번 봤어요. 3개월 걸렸어요. 문제집을 보라고
했는데 그건 시행을 못했어요. 근데 합격을 했네요.
어떻게 감사의 말을 해야 될지……
도서관에서 만화책 들고 다니니까 사람들이 비웃더라구요. 만화책으로 공인중개사를 공부한다고
미친 사람처럼 보더라구요. 근데 그거 다 감수하고 했던 내가 자랑스럽습니다.
어떻게 감사의 말을 해야 할지… 정말 감사합니다.
부디 행복하세요. 제 나이 41살에 좋은 스승을 만난 것 같습니다.
엎드려 감사드립니다.

−본사 홈페이지에 독자분이 올린 메일 中 에서 발췌−

# 2008년 봄 그들이 온다!!

권왕무적의 초우, 궁귀검신의 조돈형, 삼류무사의 김석진, 태극검해의
한성수, 프라우슈 폰 진의 김광수, 흑사자의 김운영, 송백의 백준 등

총 20여 명에 이르는 호화군단의 인더북 이북 연재 확정!!
그 외에도 많은 정상급 작가들의 이북 연재 런칭 예정!!

**포도밭 그 사나이, 새빨간 여우 등의 로맨스 정상급 작가
김랑의 작품을 이북 연재로 만나다!!**

## 오직 인더북에서만 독점 연재!!

아쉬움을 남기고 1부에서 막을 내린 **권왕무적 시리즈의 2부** 등 인기 작가들의 수준 높은
미공개 작품들이 시중에 책으로 출간되지 않고, 오직 인더북에서만 연재됩니다.

## COMING SOON! INTHEBOOK.NET

1. 인더북의 이북 유료연재는 2008년 1월 말 ~ 2월 중순경 오픈
2. 인더북에 연재되는 작품들은 시중에 출판되지 않은 작품들로 엄선

**이북 유료연재의 새로운 도전! 그리고 새로운 시작! 인더북!!
곧 새로운 모습의 이북 연재 사이트로 여러분께 다가가겠습니다.**